父親的食譜筆記

我的一生起起伏伏，是一篇日日築起的食譜。

——主廚，皮耶·加尼葉

1

1

我一直盯著你那雙攤在病床床單上的手。它們慘白得像張薄棉紙，彷彿是癱軟在河床上的樹根。我見過它們炙熱且充滿活力，從手掌到指腹佈滿傷疤的模樣。你笑稱自己是「燙傷王」。儘管圍裙上時時掛著一條擦拭布，餐館裡人聲鼎沸的時候，還是會急著一把握住鍋柄，伸出手指替小牛肋排或鱸魚翻面。被燙到了你也不會吭聲，照樣把手伸進滾燙的油裡，或者徒手替剛出爐的蛋糕脫模。

你說新的傷疤會帶走舊的，這句話是你從一位老師傅那裡聽來的，那人教會當時還是男孩的你做麵包。每當我觸摸那些粗糙的傷疤，你會咯咯發笑。我也總愛玩弄你食指的最後一個指節，它就像葡萄枝蔓般長了結節，然後我會要你重述它的變形史，聽了千遍也不厭倦。你說你當時年紀和我差不多，母親剛把絞肉機擺到桌子上，準備做醬糜。生鐵製的機器令你著迷，吸引你到桌旁坐下。母親允許你在她放肉塊時轉動握柄，只是沒想到某天你竟趁她暫時離開，把自己的手指也放進去絞了。大人們慌忙跑到鎮裡的大街上，請醫生開著小篷車到家裡為你檢查。在那個沒有人敢質疑醫生權威的年代，就算處方箋上寫著從白楊木上削下的兩塊木板，也不會有人多吭一聲。你咬緊牙根讓他把木板固定在指頭上，再用你父親的一條法蘭絨束腰帶緊緊包紮。然後他說一個月後再來檢查。

醫生把夾板取下時，那隻手指已經變成粉紅色的了，最後一個指節也歪向了左側。他說指頭保住了，但應該會免除兵役。父親一聽，皺起了眉頭大聲宣告你得跟所有人一樣從軍。說到這裡你總會搖頭嘆息：「他沒想到我會在阿爾及利亞待上二十個月。」然後繼續用那隻扭曲的手指與指甲刮洗鍋底。你說這樣比較容易處理難以清洗的角落。

你的食指放在刀背和擠花袋上的畫面仍歷歷在目，每個動作都像是在考適任證書般精準熟練。現在，我拉起那根食指，它就跟格子籠養出來的雞骨頭一樣輕盈細瘦。好幾次，我都想把指節掰直，但同時又為此感到恐懼。不，我不能這麼做。就算是在你死後，我也不能這樣對你。我想起小學時聽到的那則故事，至今還在我心裡留有一片陰影。那是關於一名禮儀師的故事，說的是朋友的禮儀師父親在為罹癌去世的大體整理儀容時，企圖把死者萎縮的腿骨拉直，沒想到骨頭卻應聲斷裂。他當然也被開除了。

我再次輕輕撫摸那雙手，期待看到它們移動，就算只是一毫米也好。但此刻它們就像在鍋子裡和馬鈴薯餅起舞後被你高掛在抽油煙機上的煎鏟。我打開床邊桌的抽屜，尋找那罐某年聖誕節我送你的香水。是卡朗（Caron）的謙謙君子（pour un homme）。「試試看，這瓶香水很適合那個年紀的男性。」里昂車站內的櫃姐這麼說。十二月二十五日的早晨，我替你刮了鬍子，你抓住我的手問：

「這什麼東西？」

「香水。」

「我從來沒用過。」

你勉強讓我在脖子上滴了幾滴，嘴裡不忘叨唸：「廚師不應該在身上噴香水。嗅覺和味覺會被搞壞。」你審慎地聞了聞，吐出一句：「可是你還是給我用了。」我把香水塗在手上，輕輕地按摩你的手指和手掌。

三天前，店裡的晚餐人潮離去後，因為還沒有睡意，我開著小貨車到城裡轉了一圈。我點了根駱駝牌香菸，轉開齊柏林飛船的〈No Quarter〉。那是我專屬的吵雜，你總是這麼說。冷冽的夜、冷清的街。有那麼一瞬間，我興起到和平咖啡館去喝個半品脫的興致。但想見你的心情凌駕一切。因此我還是一路開到醫院，在安寧緩和醫療科的門上輸入夜班護士芙羅倫絲給我的密碼。走廊是昏暗的橘色。你的房門半開著。藉著房裡透出的微光，我看到你那雙手造出的奇妙光影。你的雙眼緊閉，兩張手掌互相摩搓，彷彿正揉著甜塔皮的麵團，準備做甜點單上的檸檬塔。接著，你張開手指又掐又捏。是想把黏在手上的麵團捏掉嗎？我坐到床邊看著你，輕聲對你說：「爸，你的手還是一樣靈活。」我不期待任何回應，只希望你能聽見。我感覺到身後有個平穩的腳步靠近。

「他在做什麼？」芙羅倫絲小聲詢問。

「揉麵團。我本來以為是在做甜塔皮，但其實是麵包。他正在把黏在手指上的麵團清掉。」

「這手勢真美。」

「他什麼時候會離開我們？」

「決定權在他。」

2

這天晚上，我又聽到你和芙羅倫絲正在交談。那是個不需值班的週六。三個星期前，你還沒陷入昏迷的時候，你們經常在夜裡討論炊事。你詳述了你的每一道料理，用金黃葡萄酒和雞油菌一起烹煮的水波蛋，還有浸在糖漿裡的水蜜桃。你烹煮里昂魚糕的方式令她心醉。你不同意我說她這樣獻殷勤是為了騙取你的食譜。「她騙不到的，沒有人騙得到。」你仰天狂笑，又重申了幾次。

芙羅倫絲真的對你特別溫柔。我想，是你的堅毅感動了她。這六個月來，我在醫院裡做的任何事，她都睜一隻眼閉一隻眼。「這不能吃吧。」第一天看到醫院送來的餐點時，你就抗議了。所以我只能按你的意思為你送些「小便當」。你會小心地把紅格子餐墊攤在床鋪上，我再幫你把靠背調整到你要的角度：馬鈴薯沙拉、芹菜佐雷莫拉醬❶、乾草燻火腿、油煎鹽燻鯡魚和馬鈴薯、酥皮肉醬。當然也不能忘記一小塊美味的起司：二十四個月熟成的康堤、埃普瓦斯或聖馬爾瑟蘭。你甚至要求一份雪花蛋白霜，就為了責怪我在裡頭放了「太多香草」。我還會用背包偷渡一小瓶酒和一個球形酒杯。你指定要紅酒，且必須帶有香料味和黑莓類的果實香味。

你完全陷入昏迷的前一晚，我用湯匙餵你。那是加了肉桂和檸檬的蘋果泥。當時的你已經無法說話，而且自那天起，你就再也沒有進食了。醫院為你準備了速眠安、止痛劑、鎮定劑和嗎啡調成的雞尾酒點滴。你啊，你老是說：「要是哪天我知道自己沒救了，一定不會拖太久。」沒想到你會花這麼多時間離開。

某天晚上，我問芙羅倫絲：「他為什麼遲遲不肯放手？」她沉默了好久，彷彿沒有盡頭。最後終於開口：「也許，是想多給你一點時間跟他道別？」這句話刺痛了

❶ Sauce Remoulade，把芥末、酸豆、酸黃瓜、洋蔥、巴西里、雪維草及龍蒿一起剁碎混合，再加入一些鯷魚精華調成。

我，從那天起，它就縈繞在我心裡。有時，我會覺得你陷入昏迷都是我的錯。也許是因為我日日哀怨或將成為孤子的悲痛，讓你情願承受皮肉之苦，遲遲不肯離去。某天，我貼近你的耳邊，想對你說：「爸，安心去吧。」但這幾個字卻頑固地卡在喉頭。

我拉開你的病人服，想為你擦些香水，看見你那佈滿血管、宛若大理石的皮膚，皮膚下的血液似乎已經凝結。你今晚就要走了。早上我動手準備情人節晚餐菜單上的蘑菇雞肉酥盒時就有預感。老顧客們指定這道你經常在二月十四日推出的特餐。首先是酥皮。把麵團切成兩份，用擀麵棍擀開後，再用圓形的模具切割。接著就是把酥皮盒子組好，抹上蛋汁。我對剛出爐的酥盒感到失望。酥皮不夠蓬鬆。不曉得該不該延長烘烤時間。那一刻，我多麼希望你就在身邊給我建議。我打開了窗戶，在罩著濃霧的寒夜裡啜了口咖啡，點燃一根菸。我心裡明白，你再也不會回到廚房裡對著我大聲叱罵了。

你從未教我做任何一道菜，或者應該說，從不像學校那樣教我。沒有食譜、沒有比例、沒有安排好的課程，我只能靠著雙眼和雙耳掠奪精華。當你說：「加鹽。」我會問：「怎麼加？加多少？」你會立刻翻白眼，對我這些問題感到不耐煩。或者，你會粗暴地抓起我的手並放上一些粗鹽，然後說：「就用你的手心測量。沒那麼難吧。任何東西都能用手量。」你也會說「一湯匙麵粉」，這時，我就得自行領會是一平匙還是一尖匙。更不用說要從你那裡挖到確切的烹煮時間了。你總說：「一雙眼和一把刀，這兩樣東西就足以判斷熟度。」

今早，我用白酒高湯煮蝦子的時候又想了一下，你究竟把你的料理筆記藏在哪裡。那本筆記像顆泡沫在我的記憶裡破裂，有時又會莫名在我燒飯做菜時冒出來。另一天，我正煩惱烤雞裡該鑲什麼肉餡時，想起你有時會在裡面放個小瑞士❷。當時，我腦海裡浮現了另一個影像：那是一個星期天，你和媽媽坐在床上，背靠著枕頭。那本筆記就擺在她的大腿上。她咬著鉛筆，調皮地敲敲你手上的咖啡碗，提出問題：「那麼，請問大廚，這個要鑲在烤雞裡的塞餡怎麼做？」我感覺到你的不耐煩。你不喜歡「大廚」這個稱呼，翻著白眼，把臉埋進碗裡，嘀咕著：「把一個小瑞士往雞屁股裡塞就對了。」

有多少次，當我愣在鍋子前猶豫不決時，都會想起這個場景？有多少次我幻想

❷ Petit-suisse，一種源於諾曼地的無鹽乳酪，製作時會添加大量鮮奶油，通常製成軟木塞狀。

著翻閱你的筆記，夢醒了卻還是獨自面對爐火？我似乎又看見它在媽媽的手裡，皮製的封面底下流瀉著規律的字跡，材料、烹調時間、手勢和味道，全都記下了。儘管我一向討厭貝夏梅醬，還是希望能按著躺在紙上的文字一步一步做出你的味道，而不是窺視你的做法。

但你沒有順從我的希望，在你生悶氣的那天選擇了讓它消失。

3

今天下午，我去接了路西安，省得他還得騎那台機踏車來餐廳。你生病後，他一下子老了許多，做起廚房裡的活也越來越吃力。這個人以前在你的爐火前可是站得筆直呢，現在卻像柳條般佝僂。我從未聽你叫過他「二廚」，總是喊他「路路」或是「我的路路」。路西安向來沉默，但今天下午他卻主動開口問說：「他怎麼樣了？」我只答：「還算穩定。」我沒有勇氣對他說你今晚就要走了。你也知道，你是他的全世界。

他套上圍裙，穿好廚師鞋，仔細檢查每個蘑菇雞肉酥盒的外觀。上菜前，他瞥見我在酥盒上削了些松露，便露出笑容。我問他笑什麼，他說：「你還記得老頭看到你要把松露加到酥皮肉醬裡的表情嗎？他說加了松露就不是他的食譜了。還說你錢太多。」我從沒看過你做松露料理，「太遠了、太貴了。而且味道太重，會破壞其他食材的原味。」你總是這麼說。你的眼裡只有路路一籃又一籃從他家那裡帶來的羊肚菌。

某天，我以為終於找到你那該死的料理筆記了。當時路路在後院睡午覺，你出門採摘要用來做克拉芙堤❸的櫻桃。我把掛在路路那台機踏車上的工具包翻了一遍，在一堆骯髒的布間看到一小角皮革書封。就在我要上前挖出它時，路路突然出現了。「小子，你翻什麼？」他問話的口氣不慍不怒。但我的雙頰卻因此發紅。過於天真、過於老實的我無法對路路說謊。於是，我輕聲說道：「我好像看到老爸的料理筆記了。」路路聽了便讓我把包裡的東西拿出來。那塊皮革是個老舊的書套，裡面夾著一疊細心摺好的報紙。「去釣魚的時候用來包魚的。也包一些蔬菜和蘑菇。」他解釋。那一刻，我只能呆立原地。我無法對路西安坦白，其實從他自炭火裡救出老爸企圖燒毀的筆記本那天起，我心裡一直惦記著那本書。路西安闔上工具包，一邊溫柔地說道：「別再

❸ Clafoutis，一種在櫻桃上蓋一層布丁做成的甜點，後來也有其他水果的版本。

想了，你知道老頭會發火的。」

從你們二十幾歲起，路西安就叫你「老頭」了。你當時是他在阿爾及利亞的士官長。在廚房裡，你從不需要對他下達指令。就像當年你穿越於懸崖之上尋找可以躲避費拉加❹的洞穴時，路路總能一眼看穿你的心思一樣，他看得出你對某個醬汁不滿意，手邊隨時備著用來重做奶油麵糊❺的奶油和麵粉。

這天晚上，我讓他準備開胃用的乳酪鹹泡芙，不想讓雞肉酥盒搶盡風頭。而他也樂於把技術傳授給學徒吉永。面對這個男孩時，他的話總是多得驚人。他教他怎麼用湯匙為泡芙塑形。這般耐心我從沒在你身上看過，這麼說一點也不誇張。

我們習慣在開始營業前吃點東西墊墊肚子。那天路西安和吉永吃了母雞骨頭上剩下的肉。我抓了個鹹泡芙解饞，酒興驟起，便從地窖裡挑了一瓶你送我的伯恩小耶穌❻。路西安用巴斯特・基頓的眼神盯著我看。我拿出三個高腳杯，倒了一杯給吉

❹ Fellaghas，在阿爾及利亞反抗法國殖民統治、爭取國家獨立的穆斯林游擊隊。

❺ Beurre manié，用奶油和麵粉做成的麵糊，通常作為醬汁的基底，增加醬汁的濃稠度。

❻ Beaune Vigne de l' Enfant Jésus，伯恩（Beaune）是產地，小耶穌（Enfant Jésus）是莊園名稱。

永，「喝喝看，美酒。」

多希望你能看到我和路西安怎麼擺盤。吉永把盤子加熱。我們把肉放在盤子中央，在酥盒旁加上魚糕和醬汁。我再削些松露點綴。外場服務生克蘿艾不敢取走放在送餐窗口的盤子。我問她是否太燙了，她否認，說是因為我的雞肉酥盒太漂亮，她從來沒見過這樣的，至少在這之前工作的餐廳都是用現成的酥盒和罐頭肉品。我憶起你的話：「我們的餐點一定要親手做，否則就不是料理了。」

晚上九點半，我讓路西安、吉永和克蘿艾收尾，自己緩步往醫院走去。今晚的霧氣濃得得用刀來劃開。我坐在公園裡的一張長凳上抽菸，憶起十月天裡我推著你的輪椅散步，秋光照著紅葉的景色。那時，你怪我點菸：「不要抽了，看看我變成什麼樣子。」我問你為什麼堅持抽沒有濾嘴的吉普賽菸。你從進廚房的第一杯咖啡到深夜十一點擦亮不銹鋼瓦斯爐連烤為止都是菸不離口。你嘆了口氣：「這樣才撐得下去。」我知道不該再追問。

我走進病房時就知道，這是我們陪伴彼此的最後一夜了。我為你擦了香水，試著把你頭上被放射治療燒得稀疏的髮絲整理好。我知道你是為了我，才選擇用這種方式爭取短短數個星期的生命。但我怪自己讓你在醫院地下室裡受這些射線折磨。我撫摸你的雙唇，它們乾得像擱置太久的麵包塊。我沾了些聖伯恩小耶穌滋潤它們，再往你床邊桌上的杯子裡倒一些，對你說：「老爸，敬你。」然後一口乾了它。酒在我肚裡緩緩擴大的深坑內灼燒著，你的呼吸漸弱。我還記得和你一起啜下的第一口酒，當時的我十歲。那是一月的某個星期天，天色深沉，我們去了寇克朗。你習慣光顧同一個酒窖，那裡的釀酒師發r的音時感覺像要吐痰。你們會在每個酒桶前試飲。釀酒師話多，你在幾杯黃湯下肚後也會吐出幾個字。我們坐在工作檯上，你拿出小塊的羊起司和一顆你做的麵包配酒。我當下就愛上了黑皮諾和刺舌起司搭配起來的味道。

房裡的鐘指著十點半。我脫下鞋子和帶拉鍊的舊翻領毛衣，坐上床緊緊抱著你：「跟你說哦，剛才那些人吃雞肉酥盒的時候，安靜得連蒼蠅飛過的聲音都聽得到。餐廳裡只有刀叉在清空盤子的聲音。你說得對，松露加在料理中顯得多餘，只有歐姆蛋例外。如果沒有你，我的料理肯定乏味無趣。你什麼都沒說，可是其實全都教我了。現在，你可以離開了。儘管過程並不總是愉悅，但我們的確一起度過了一段精彩的人生。我愛你，現在到永遠，如同我愛媽媽。」

你的胸部隨著吐出的最後一口氣塌下，緩慢、悠長，宛如一顆洩氣的氣球。我給你一個吻，替你把被子拉到脖子上，而後關上房門，輕聲對護士說：「結束了。」

外面的濃霧凍得刺骨，我想著你在凍土之下會是如何。路西安還在廚房裡等我，就坐在工作檯上看報。我又重複了一次：「結束了。」在把剩下的小耶穌分別倒進兩個玻璃杯裡後，我又不由自主地拉開那個抽屜，彷彿這一次就會看到那本筆記，但裡頭只有一盒面紙。你就把它帶進墳裡陪葬吧。眼前這個空盪盪的抽屜，就好像你又死了一次。

4

大約是我五歲那年，某個冬日裡的星期天早晨，陽光透過百葉窗灑入室內。你小心翼翼地墊著腳尖走下通往廚房的木製樓梯，木頭嘎吱作響。你點燃爐子裡的煤炭，把萬用鍋撞進水槽裡裝水。你在爐前的每一刻都必須有熱水。我們一再提醒你熱水器的用途，但你堅持水要起泡而不是煮沸。「起泡就好，不要大滾，」你這麼說，「一百度的水會破壞一切。」接著是磨豆機的低吼。你恨透了餐廳裡為顧客提供的濃縮咖啡。你需要你所謂的「軍隊果汁」，那是一種混合了阿拉比卡和羅布斯塔，帶著酸味和焦味的咖啡。所以你總是用大金屬壺煮好一壺，放在瓦斯爐連烤的邊上維持溫度，一直喝到上樓睡覺前。這裡只有你會喝這種「跟律令一樣強硬」的咖啡，泡著茶的路西安這麼說。

咖啡味飄到樓上時，我就會起床，碎步跑到你的房間去確認媽媽是否還在睡。其實我是害怕看到一張空床，發現她已經離去。這種莫名的恐懼揮之不去，儘管前一晚我躺在床上緊抓著她不放時，她才對我說過：「我愛你。」夜裡的她，身上帶著妮維雅的香味，和寒冷的空氣刮傷我的臉頰時，她擦在我臉上的味道一樣。而你，你會從房裡對我喊話：「晚安，調皮鬼。」昨晚，你多加了一句：「明天要跟我一起做布里歐許嗎？」我的臉上掛滿了笑容大聲同意。媽媽輕聲對我說：「小鬼，你明天就讓我睡久一點。」隔天早上，我輕輕推開了門，看見紅棕色的頭髮從壓在她頭上的枕頭和被子間竄出。老爸則在廚房裡吹著口哨。

我來到爐火旁時，手上還拿著我的安撫玩偶，那是個破爛老舊的小熊娃娃。「你怎麼已經起床了，」你跟平常一樣裝出驚訝的表情，「小熊不要太靠近火，你已經燒掉牠一個眼睛了。餓了嗎？」我搖頭。你抱住我的腰，把我放到工作檯上，不銹鋼的冰冷透過我的睡衣凍上我的雙臀。你拿起大湯勺，從萬用鍋裡舀出熱水浸濕咖啡。我喜歡這個專注又自在的手勢。你拿起還沒注滿的咖啡壺，倒出一些，然後坐到我身旁，把鼻子湊進馬克杯裡，一邊吹涼一邊深吸。接著，你會摸索身上的那包吉普賽菸，最後找出一根，拿起打火機，在不銹鋼上敲了一下，放到大腿上玩轉後點燃了火和菸，再深吸一口氣，直往肺部深處去。不知道為什麼，你溫暖的體溫讓我願意接受帶著獸味的菸草。

你捻熄了菸，拍了拍手後下達命令：「來做布里歐許吧！」你從冷藏室裡拿出一塊新鮮酵母，允許我把它們捏碎後丟進你裝了牛奶的碗裡。我聞了那碗牛奶，沉醉於它和酵母混合後的味道，有點像媽媽，溫溫的、酸酸的、甜甜的。接著，你在雞蛋旁灑下麵粉。就和灑鹽一樣，你不計算任何比例，只有一把充當量匙的湯勺，同時也用來嚐味道。你的手邊永遠有一把湯勺，在餐廳繁忙的時刻舀了小牛肉汁或大黃泥後，會隨手泡進堆疊了一堆待洗碗盤的水槽裡過水，然後拿擦拭布用力擦乾它。你不穿白色廚師服也不戴廚師帽，永遠都是在白T恤和牛仔褲外罩上藍色圍裙，沒有襪子的腳上套著黑色的皮製廚師鞋。有時，兩道菜間空閒時，你會拿著湯勺在爐邊敲著節奏，哼唱米歇爾．薩杜或喬治．巴頌的歌。

週日，你會在廚房裡聽卡帶。最常聽的是格雷姆．阿爾萊特。你對〈直到腰帶（Jusqu'à la ceinture）〉的歌詞倒背如流，每回唱到「水都淹到脖子了，那老頑固還要我們前進」時，你都會情緒高漲、滿臉通紅。你對我下達命令：「現在要把麵粉堆起來，就像堆沙子一樣。」我滿心歡喜地把手伸進麵粉裡，它們流過我的指間，像絲綢般的手感。我把白色的粉末推到不銹鋼台上，享受著與它的親密接觸。我也喜歡牛肋排酥脆的表皮、繞在手指上一圈圈的洋蔥、桂枝，還有八月水蜜桃的毛皮。

「現在要在麵粉中間挖一個洞。」你溫柔地牽引我的手，再把牛奶和酵母倒進洞裡。我要求敲開蛋。「等一下，我們用另一個方法。」你把一個碗放到我面前。我用碗緣敲開蛋殼，它們卻立刻混進了蛋汁裡。你笑說：「沒關係。」轉頭拿出另一個碗和另一顆蛋給我。然而，你其實是個從不浪費的人：韭蔥綠色的部分、雞骨、橙皮都不會隨意丟棄，你擁有能把它們變成高湯的魔力。「如果可以的話，你爸連吉普賽的菸灰都會回收利用。」路西安說。「再來一次。」你撈起我敲碎的蛋殼對我說。第二顆蛋成功時我欣喜若狂。你快速攪打蛋液後把它們加到麵粉裡，再站到我身後，抓起我的手：「好，現在要揉一揉、揉一揉。」一開始我還很專心，可是當我的手指黏在麵團上時還是忍不住發笑。你出言喝止：「不要亂來，麵團要揉出筋性才行。」你把軟化奶油加進去。我吸著手指，享受著奶油的榛果香。這些奶油是每個星期天晚上我們一起到乳酪店買的，還有鮮奶油、康堤乳酪、莫爾比耶乳酪和吉克斯藍紋乳酪。你說「很好」，接著把麵團放進一個大盆裡再蓋上一條布。「你看，它等一下會變成兩倍大。走吧，我們先去買點生蠔給媽媽。」

對我們這個小村莊而言，海是遙遠的夢。可是在通往市政廳的小巷裡，有個奇怪的洞穴，看起來就像是挖掘岩石建成的。那是村裡的魚店，是個讓五歲的小孩感到忐忑的洞穴。魚販嚇人的長相宛如他店裡的魴魚。他老是吸著鼻子，就好像無論春夏秋冬都在感冒。當他喝著白酒配褐蝦時，說起話來會像含著一堆小石子，嘟囔著什麼似的。我貼近水族箱看著鱒魚跳芭蕾，牠們令我沉醉，卻也讓我感到悲傷。即將落在頭上的棒槌會取走牠們的性命，我為此難過不已，就像我看到媽媽獨自坐在你們的床上望向窗外時的心情一樣。

有一天，她光著身子躺在亂成一團的被子裡。她抽著你的吉普賽菸，沒有看到我走進門。那天，她好像身在煙霧繚繞的遠方。我知道她經常沉浸在書的世界，但那一刻的她似乎到了一個我和你都去不了的他方。還好在聽見我咬糖果的聲音後，受到驚嚇的她回過了神，趕緊把被子拉到肩上，然後給了我一個微笑。

5

回到家後，你把生蠔的袋子擺在窗架上：「你看那個麵團，脹成兩倍大了。」我用食指在那個逸出酵母香味的圓肚子上戳了戳，不明白你為什麼還要再把它們對摺起來。「等著看吧，它還會再長大。」你向我保證，接著把東方共和報攤在不銹鋼台上，順手點燃一根菸。你彎下腰，把左手掌和右手肘撐在台上，開始閱讀。記憶中的你每天早上都會讀報。我知道不能打擾你。內容是其次，重要的是讀報。你像品嚐自己的料理一樣咀嚼每個文字，仔細地、謹慎地。你總是認為自己的雙手太早沾染麵粉，學養不足。你還是學過時態和動詞變化的，只是每回寫訂單時，你的筆尖就會在紙上游移不定。

每每學會一個新字，你會表現出自學者才有的欣喜，就和我坐在你的大腿上一起發現電視裡的新世界時一樣。你喜歡看《頭條新聞（Cinq colonnes à la une）》和聽菲德里克．羅西夫（Frédéric Rossif）介紹動物。可是當你注視媽媽訂正學生的作業時又總是臉帶慚愧。某天，你翻開一本國語課本，旋即又像拿錯書似的闔上。媽媽笑著對你說：「這本書又不會吃掉你。」很久以後，你才跟我說在阿爾及利亞的小村莊裡，有許多不識字也不會寫字的人。

媽媽在高中教國文。你經常對她說：「妳是我的資產階級知識份子。」但她對這句話非常不滿，至少在你們剛認識時你是不會這麼說的。那是個九月天，雨水潑溼了樹葉。她推開門，雙眼被菸燻得睜不開。正要給客人上皮貢啤酒的妮可沒有注意到她進門，是剛從酒窖上來的路西安拉了她的襯衫袖子。這個舉動打擾了妮可準備「超值套餐」的節奏。「用餐嗎？一位？」媽媽點了點頭，有點驚恐。妮可掃視坐滿常客的餐廳。畢竟你店裡的每個客人都有專屬的位子，可不能隨意把陌生人安插進來。

妮可猶豫了一下，問道：「我清一下靠窗的那個小桌子，可以嗎？」媽媽同意，並獻上一個微笑。妮可清走桌上的多肉植物和舊雜誌，攤開一張紙桌巾再擺好盤子和刀叉。媽媽坐了下來，不敢坦承對她來說套餐的份量太大。最後，她雖然沒有碰酒，卻胃口大開吞掉了整份餐點，包括甜菜根與羊萵苣沙拉、烤馬鈴薯千層派和一份蘋果派。

隔天、以及接下來的日子她一再光顧。同一個位子，盤前總是放著一本書。她邊吃飯邊啃書的行為引發了妮可的好奇心，餐廳裡的客人也曾鼓起勇氣上前請她喝酒或喝咖啡，但她總是以一抹微笑婉拒。某天，你從送餐窗口探出頭看這位有趣的獨食女子。你對她笑了笑，僅止於此。第一次說上話的那天是個星期五，你做了無鬚鱈和炒馬鈴薯。切成塊的馬鈴薯放入瓦達諾（Le Val-d'Ajol）製的鋼鍋中大火翻炒。你正奮力晃動鍋子時，妮可大喊：「那位一個人吃飯的女士問可不可以再要一點馬鈴薯。」於是你盛了滿滿一盤，撒上蝦夷蔥，親自端到她面前。媽媽對你的第一印象是變型的手指和你那湛藍的眼珠。

你說：「我是亨利，請用。」

她笑著說：「可是這也太多了。」

你聳了聳肩，語帶調戲地問：

「小姐怎麼稱呼？」

「海倫。」

「海倫小姐，在我這裡，不是很多，就是什麼都沒有。」

據說就是這句話迷倒了媽媽。

我看著你把布里歐許放進漆黑的烤爐裡。每回你打開爐子，用那把萬用湯勺把肉汁淋到烤雞上時，我也是這樣看你的。你是我心中的火神，而當你讓布里歐許膨脹時，也是個魔術師；撬開生蠔的你，就像個鑽開保險箱的好手；打發鮮奶油、為我做黑巧克力醬的你是個獻禮的國王。廚房裡繚繞著正逐漸變得金黃的布里歐許和榨柳丁汁的香氣。在血橙盛產的季節，你會使勁剝開它們，讓我一片一片擺到盤子上，再滴上幾滴橙花露。你說這是阿爾及利亞的回憶。

我帶了一杯柳丁汁上樓給媽媽。她已經打開了窗簾，正靠在枕頭上戴著玳瑁眼鏡看書。媽媽任何時候都在看書，床邊桌上有好幾疊的書和期刊，還有一個裝滿了鉛筆的筒子。有的時候她會在書上寫筆記，在印刷品上寫字對當時的我來說是個大驚奇。「你要和我一起喝柳丁汁嗎？」我拒絕了她，畢竟樓下還有布里歐許、鮮奶油和巧克力醬等著我呢。

媽媽咬著布里歐許看書時，你試圖吸引她的注意。你輕撫那本厚重的書，裝出天真的口吻問道：

「西蒙．波娃是誰？」

「一個女作家。」

「可以說『女』作家嗎？❼」

「當然，還有女廚師也可以。只是要在 chef 後面多加一個 f 和一個 e。」

你大笑，挑釁地說：

「哪有那麼容易。先叫她們早上搬炭生火起爐灶看看。」

「你知道有種東西叫瓦斯爐和電子爐吧？」

「燉東西還是用炭火最好。沒有炭火的話，路路肯定會悶死。」你說這話時也伸

❼ 法文中的「作家」（écrivain）是陽性名詞，二〇一九年法蘭西學院才正式將陰性的「作家」（écrivaine）加入法文詞彙。法文中也有其他陽性名詞是同樣的狀況。

出手摘下媽媽的玳瑁眼鏡。

「你幹嘛？」她問。

「妳說呢？」

媽媽抓住了眼鏡，瞪著你看。你沒有放棄，抓住了她的脖子。她晃了晃頭試圖抽身。你溫柔地笑著，有點尷尬：

「今天是星期天。」

「所以呢？」媽媽冷冷地回應。

我一向不喜歡她說「所以呢？」她翻到下一頁，埋頭閱讀。你起身後輕嘆：

「沒有所以。」

你回到廚房裡，我也跟了上去。我沒辦法和她獨處，總覺得那個房間裡沒有我的容身之處。

6

沒多久前，每當你摘下媽媽的眼鏡，湊近她的雙唇時，她也會別開被你逗樂的嘴。那是為了考驗你的耐心：「先抽根菸怎麼樣？」你從床邊桌上的吉普賽菸盒中抽出菸來，轉頭對我說：「小鬼，去你房間玩。」我像個勇士般聽令行事，讓你關上了房門。

沒多久前，我們還是幸福快樂的。每年夏天，你和路路會在餐廳後院做一鍋份量巨大的西班牙海鮮飯。如山高的米、淡菜、烏賊、西班牙臘腸、兔肉、雞肉，全放在路西安嫻熟地照料著的炭火上燉煮，簡直是一場貨真價實的盛宴。你們會允許我往火裡加小樹枝。廚房裡還有一張我三歲時跟路西安坐在海鮮飯大鍋裡的相片，相片裡的你握著鍋柄。媽媽受不了這種玩笑。有一天你把她叫到廚房，打開萬用鍋的蓋子，她看到被你藏在裡面的我時大聲斥責了我們。每到星期天，媽媽都會要你訂一大盤外賣餐點，但你總是堅持把炒海鮮飯的鍋子放到床上，「這是我們的『草地上的午餐』。」你會笑著拿出生蠔、柳丁和溫熱的布里歐許擺好。你不准我們自取食物，餐點都得由你裝盤。擺成星型的生蠔和塗了奶油的全麥麵包是媽媽的，我的則是一大片搭配熱巧克力醬和鮮奶油的布里歐許。除此之外，每個星期天我們也都會演一齣戲。戲碼是這樣的：你會假裝忘記某樣東西，必須起身下樓。媽媽把一個肥美的生蠔送進嘴裡時會對我使個眼色。我會為了延長鮮奶油帶來的歡愉而小口舔著。接著，樓梯間會傳來你悠閒的踏步聲，步伐間帶著輕快的節奏。你再次出現時，手上拿著用藍色花瓶裝著的三束連翹花，右手裡還有一個笛型香檳杯。媽媽笑著搖頭。你輕聲說：「給我的公主。」有時，你還會更小聲地補上一句：「我的資產階級妓女。」媽媽會皺起眉頭說：「閉嘴。」

你們兩人「週日草地上的午餐」影像一直留在我的記憶裡。媽媽盤腿坐在床上，一小口香檳、一顆生蠔。你則是穿著廚師圍裙，背靠在枕頭上，膝蓋上放著一杯咖啡，吃了柳丁片後點燃一根菸。印象中的你從不端坐在桌前吃飯。不過，前提是，用麵包沾一口紅酒燉牛肉的湯汁，或是用小刀削下的康堤乳酪皮可以稱為一餐。夏天時，你只吃沾鹽的蕃茄，冬天則會摘下吉康菜的葉子醮點油醋。路西安偶爾會在客人離去後，用剩下的蝦夷蔥做點歐姆蛋，加上最後一片鹹派，和你一起分著吃。聽說你們在阿爾及利亞時也是這樣，情願兩人分著泡過橄欖油的大麥麵包和幾顆杏仁，也不吃軍隊裡的食物和口糧。每當媽媽叨唸你亂吃東西時，你總是說「廚師都是這樣的，習慣一邊做一邊吃」，更何況你只喜歡為別人做飯了。

很久以後我才明白，你做的這一切都是為了讓媽媽遠離油煙。要知道，餐廳樓上的小公寓裡沒有廚房。爐灶是你的王國，那裡沒有媽媽的位置，她沒事也不會去那裡冒險。偶爾要找糖或是幫我要個果泥時，她也會像誤入叢林般感到不自在。大部分的時候，我們就在媽媽習慣的那個窗邊小桌上享用從送餐窗口拿出來的餐點。但我們從來不吃當日套餐，你給自己的任務是每天準備「特別的東西」。媽媽熱愛小牛腰子，那是你精心料理的菜色，腰子煎到媽媽喜歡的七分熟，倒入波特酒收汁後，再以小牛高湯增加濃滑的口感，最後佐上鮮奶油和芥末。我的餐點則是裹了金黃麵包粉的酥炸嫩雞肉。你不太有自信，小聲問道：「好吃嗎？」媽媽和我就像兩個孩子般用塞滿食物的嘴應聲。儘管如此，我內心深處還是認為你其實是不願意讓出廚房。

最後一次的床上野餐，媽媽為你做了蛋糕。也許就是從這個不祥的蛋糕開始，一切都走樣了。她在你面前擺了一本厚重的筆記本，精美的皮製封面，觸感很好的象牙白內頁，還有一條作為書籤用的紅緞帶。你感到好奇，開口問道：「是學校要用的嗎？」媽媽以一貫慵懶而溫柔的眼神看著總是一頭霧水的你：「是用來寫你的食譜的。」「寫？」你重複了好幾次，聲調逐漸上揚。你總是認為她對你的職業一無所知。沒錯，這些年來你的確成為了一個真正的廚師，讓身邊的人都享受到美食，百花驛站也穩定地步上了軌道。你大可擴大事業，接些宴會或婚禮外燴……可是她忽略了那段領著你走上這條道路的荒謬的前半生。你曾當過麵包店的學徒和軍人，可是你心裡一直認為沒有為自己做過什麼決定，這一切都是宿命，如同地中海另一端的人所說的「mektoub」。你和吧台客人閒聊時常說：「要好好吃飯。」你就是為了吃才成為廚師的。可是，也許你比較想管理商船上的船員？或做一個水利林務工程中心的工程師？某天，你還為一個來自優先都更區的少年辯護。那天報紙上討論著他犯下的搶劫案。對你來說，他不過是「生錯家庭，出生時沒有含著金湯匙」，所以才會一路走到變成盜匪。你的一句話讓吧台上的人都不敢回嘴：

「同樣為非作歹，我覺得盜匪還比那些不做事就有錢拿的人渣強。」

「亨利，話不能這麼說啊。」一個顧客小聲提醒。

你卻冷冷地回應：

「為什麼？不行嗎？」

看電影時，比起心地善良的英雄，你更偏愛壞蛋、日本武士和逃兵。我還記得給你看《計程車司機》的那天，你看到電影裡的勞勃·狄尼洛時還對我說：「如果我和路路繼續留在阿爾及利亞，一定也會像他這樣。」沒有人真的理解「要好好吃飯」這句話背後承受的不甘願。就連媽媽也不行，儘管她是擁有國家會試資格的國文教師，儘管她又決定把關於小克雷畢雍的博士論文寫完，還是不可能理解的。是哦？一本料理筆記？要不要順便追個米其林一星？更糟的是，媽媽還提議由你口述，她負責記錄下來。

「我說什麼你就寫什麼嗎？」

她勾住你的脖子給你一個吻。

「妳瘋了！」

「沒有，我愛你。」

一開始，你還很配合。某個星期天下午，你們把我趕回房間玩。後來我又爬上你們凌亂的床時，媽媽正在寫你的布列斯雞食譜。她用一枝帶有擦子的鉛筆書寫，以便在你改口時修改。

「要把雞肉丁放進大鍋裡雜。」

「雜？」媽媽問。

「就是表皮要變金黃色啊！」你回話的口氣帶著一絲嘲諷，彷彿是說：「這個有國家會試資格證書的老師竟然不知道『雜』是什麼意思。」你們的笑聲讓我感到安心。也許，寫一本食譜是個好主意。

可是其實幾乎每次她記錄你口述的內容時，你們都會吵架。媽媽想寫一本書，用正式的文字記錄你的食譜，但你對書總是敬而遠之，特別是跟料理有關的書，它們把你從媽媽身邊推離。你在那些艱深的文字裡看不到自己的影子。你覺得把食譜寫成文字後，食物就會失去味道，甚至懷疑媽媽這麼做是為了讓你遠離爐火，為你建立一個不屬於你的社會地位。你隱約感覺到，她送你這本筆記是想把你帶進她的世界，一個閱讀與書寫的世界。從那時起，越來越多個清晨或深夜，當你獨自待在廚房時，都會抱怨媽媽不再愛你了。

7

那是個星期六，當天的主菜是豬頭肉凍，我自願幫你和路路準備。那天早上，因為要到肉舖買豬頭，路路比平常早到。我聽見他的機踏車逐漸靠近。他每天都騎著那台「小藍」來回，清晨二十公里，夜晚二十公里，而且經常是深夜。不論颳風下雨，甚至下雪，始終如一。「小藍」通常停在後院，他允許我翻工具包裡的東西。右邊的包裡裝了一條沾滿油漬的廚房擦拭布、一把扳手、一支螺絲起子和一個我會拿來玩的打氣筒。左邊的包裡有個麻袋，按不同季節裝滿口蘑、雞油菌或黑喇叭菌。

你曾對我說過一段往事。當年，你和路西安一起從阿爾及利亞回來時，你們搭著船在馬賽上岸。路西安在聖夏勒火車站內看了火車時刻，問你要往哪裡去。你回答：「隨便，只要能讓我做麵包，爐灶旁有張床就可以。」路路因此提議一起上路。事實上，你對他的家鄉很熟，只是從來沒有聊過。後來你們在東邊一個小村莊等待轉車，那天天氣很熱，你提議喝杯啤酒。走出車站後，你們看到一家小咖啡館，門前的露天座位邊上開滿了天竺葵。

你們找了位子坐下，向一名看不出年紀的女人點了兩杯半品脫的啤酒。女人的雙腿看來不大方便。就是在這個時候，你們看到了「待售」的看板。你小口啜飲啤酒，在拿出鈔票結帳時，你問了女人：

「您是屋主嗎？」

她點頭。

「您要賣多少？」

「要跟我先生談。他星期一會從醫院回來。」

你轉向路路。

「你覺得呢？」

他應了聲好後又補了句：

「可是我沒拿過鍋子耶。」

你答道：

「你以前也沒拿過槍。」

上車前，你們又回頭看了小咖啡館的門面，你說：

「我們就叫它百花驛站，怎麼樣？」

路路回答：

「你說了算。」

那個星期一，你們完成了交易。

豬頭肉凍對你來說不只是隨便一道菜，而是對待料理的態度。從零開始，從一片硬掉的麵包，或是一塊剩肉出發。現代人很難想像你煮的東西是可以吃的，比如母牛的乳頭。走進市場裡賣內臟的店時，我被那個怪物般的豬頭嚇呆了。都怪路路嚇唬我，說那些豬會吃小孩，說盜匪都用它們來消滅敵人。賣內臟的老闆笑著對你使眼色：「今天要把整間店買走嗎？」他用散發著血腥味的手指遞給我一塊思華力腸❽。我急著牽你的手，每次我覺得不安的時候就會這麼做。可是你當時興奮到沒空理我。你需要一尺長的橫膈膜來做只有星期六才吃得到的肉排。客人把薯條泡進那銷魂的醬汁裡的模樣讓人印象深刻。你用湯勺刮起黏在鍋底的肉汁後，我也會拿一塊乾掉的麵包沾來吃。

任何部位你都不會放過，包括用來做肉凍的小牛蹄、搭配油醋和白色小洋蔥的豬蹄，當然也有小牛腰子，以及會做成焗烤的內臟腸、用蕃茄醬和酸黃瓜一起煮的牛舌。你回頭問路路：「要不要在菜單上加個牛瘤胃？」路路同意，他什麼都同意。老闆把你要的東西都準備好後問：「還需要什麼嗎？」你奮力說服自己就此停手，但老闆還在你面前細心切著一片片厚實的小牛肝。「這個，你們中午就吃這個了。」他說，然後又順手拿了一包豬油渣。我愛豬油渣。

看你和路路下廚很像看一部戰爭片，準備工作繁複得如臨大敵。你們用磨刀器磨亮武器。路西安去儲藏室裡尋找做美味高湯的原料：紅蘿蔔、洋蔥、紅蔥頭和一束

❽ Cervela，一種原本用豬腦和豬肉混合製成的香腸，名稱來自法文的 cervell（腦）。今日製作思華力腸已不再使用豬腦了，改為牛肉、豬瘦肉、咽喉肉、豬背膘、大蒜、香料和洋蔥。

巴西里。他為蔬菜削皮，你細心清洗豬頭。你的舉手投足間流洩出虔敬之意。某天，我問你：「你怕弄痛牠們嗎？」你一臉驚訝，沉默了一下後笑著對我說：「帶著尊敬的心對待動物是很重要的一件事，無論生、死都是，廚師更應該如此。」後來，在我長大一些後，當我得知路西安曾在他出生的村子裡替入棺前的死者淨身時，想起了你說的話。為什麼他敢為死者淨身？我不敢直接問他，只能找上你。你當天心情很差，只嘟囔著打發我：「路西安什麼都不怕，連死都不怕。」幾個星期前，從醫院回來的路上，路西安在車裡對我說：「你知道嗎，我們在阿爾及利亞看了不少。」

路西安把我抱到爐子上，讓我看大鍋裡的豬頭。他往裡頭加了插著丁香的洋蔥、兩支牛蹄、百里香、月桂葉、胡椒、豆蔻和粗鹽。接著換你打開一瓶酒往內倒。那是路西安釀的白酒。除了一整排的夏多內外，他也有挪亞酒，是一種從三〇年代起就被禁止的品種葡萄酒。挪亞酒是你做白酒淡水魚湯的秘密配方之一，只在特別場合使用。人們會大老遠從里昂、史特拉斯堡，甚至是巴黎跑來品嚐你做的水手淡水魚。

每年釣魚季開始時，路西安就會騎著「小藍」為你釣來白斑狗魚、鱸魚、鰻魚、丁桂魚。有的時候，他回到餐廳時，那些魚都還在他的包裡活蹦亂跳。他會打開包包，輕輕撫摸躺在水草間的鱗片和魚鰭，然後露出自豪的神情，從另一個包裡抓出一條和手臂一樣長的白斑狗魚。「這尾厲害了，」你說，「用奶油白醬煮吧。」我負責拿蒜頭為搭配這道淡水魚的麵包片抹上香氣。

你和路路喝了一杯夏多內。豬頭肉凍在鍋裡滋滋作響。你時不時會拿起濾勺把高湯表面的雜質泡沫撈掉。你們削掉比提傑馬鈴薯的皮，準備做薯條。你皺起眉頭對我說：「去問你媽中午要不要來這裡吃飯。」我不喜歡你用這種口氣說媽媽。那時的她在你築起的牆外成了陌生人，你再也不知道該如何面對她了。

媽媽幾乎不再到餐廳吃飯了。中午，我在學校食堂吃午餐，她則和同事一起用餐；晚餐時，你會把餐盤放在樓梯上，讓她拿到樓上吃，我們兩個則是邊看電視邊吃飯。你們成了點頭之交。你從早上七點到晚上十一點都在廚房裡，除了我的學業、我那幾隻始終插在嘴裡的手指，還有我總是不知道該怎麼下筆的作業外，你們之間不再有交集。

我站在房間的隔板後面聽你們的聲音，聽你和媽媽說話。那一頭只有平淡的對話聲和尷尬的沉默。你經常在昏暗的深夜裡下床，赤腳踩在木頭地板上發出嘎吱聲。

你會輕輕關上房門，套上啪啪作響的廚師鞋。還記得某個牙痛得厲害的夜裡，我聽見你下樓的聲音，決定也下樓找你幫我止痛。我踮著腳尖走進廚房，發現你躺在路西安的行軍床上，沒有換上睡衣。那是路西安在午休時間和天氣差到沒辦法騎機踏車回家時睡覺的地方。你蜷著身子睡，我不想吵醒你，所以踏著小凳子從放香料的櫃子裡拿了一個罐子，正打開蓋子時，你醒了。你小聲地問：

「你在幹嘛？」

我痛苦地回答：

「我想在牙齒上放丁香，你之前說這樣可以緩解牙齒疼痛。」

你帶著歉意起身，把我從凳子上抱下來，並要我張開嘴：

「哪顆牙齒？」

我指了一顆臼齒，你把丁香放上。

「要不要一杯熱牛奶？」

你把鍋子放到還有點餘溫的爐火上時，我緊緊靠在你身邊。你點燃一根吉普賽菸，緩緩地把廣播音量調大，摩特．舒曼正唱著〈馬焦雷湖（Le lac Majeur）〉。記憶中的我們總是這樣的。我問道，我是不是也「可以晚上不睡覺」。

「不行。」你微笑。

「那為什麼你可以？」

「因為就算我現在是廚師，骨子裡還是個麵包師啊。麵包師都是半夜工作的。我當學徒的時候，每天凌晨兩點就上工了。」

我知道你這些話有幾分實情。但那段身為麵包師傅的過去，其實是在為你掩飾今日的行為。現在的你不再每晚做麵包，也不再每晚和媽媽共眠了。我喝光了牛奶。

「該上樓睡覺了。」你對我說。我還抱你的脖子。

「那你呢？」我問。

「我留在這裡先準備甜點。」你回答。

我在樓梯上看到媽媽。她把頭髮盤在 Burberry 雨衣的衣領上方。伴著高跟鞋踩踏的聲音，她開口問：「你要不要跟我去第戎？」我告訴她，我比較想留下來陪你和路西安做豬頭肉凍。她沒有再說什麼。那一刻，她要是對上我的眼神，就會看到我的雙眼像金魚般在碗裡繞圈。還有一次我對著九九乘法表掙扎，她冷漠地丟了一句：「明明就很簡單。」坐在同一張書桌的我們中間彷彿隔了一整片海洋。

從餐廳的用餐區可以看到媽媽在站牌下等待往第戎的車。她在脖頸上自然地繫了一條絲巾，擋住冬日寒風。看著她這麼離開，我如鯁在喉。老爸喊我：「快來吃薯條和小牛肝。」他知道我正透過落地窗望著她，一把勾住我的脖子，對我說：「不是說要幫忙做豬頭肉凍嗎？小子，你知道還有很多事要做吧。」我聽見米西林膠輪列車離站的聲音。那個星期六，她以這種方式離開，那一剎那，我突然意識到她不會回來了，所以三步併成兩步跑到她的房裡，跳上枕頭深吸著她的味道。不會的，她今晚就會回來了。她會帶著一本書和一件給我的新褲子回來，並要我試穿。我會因此雀躍不已。

8

路路正在切小牛肝，你同時放上熱騰騰的薯條。我要求淋上「肉汁！肉汁！」，你回我一句口頭禪：「別那麼猴急！」我們三個人就在廚房的工作台上吃飯，我坐在凳子上，你們一人站一邊。三個男人一起的感覺真不錯。妮可剛從理髮師那裡回來，她去給自己「重新上色」。她不想吃飯，你調侃：「因為她不想變胖。」「閉嘴啦，惡棍。」她邊擺桌邊回嘴。

百花驛站星期六不出套餐，只能單點橫膈膜牛排加薯條，現點現做，因此你多出了許多時間和那些週間不會來的客人聊天。總在週間光顧的公司雇員、司機和水泥工暫把座位讓了出來，給前來市集的各路人馬聚在一起暢飲阿里哥蝶白酒❾、流星啤酒或蓬塔利耶苦艾酒。這些人包括固定為週日採買羊肋排和薩瓦蘭乳酪的有錢饕客；跟喜鵲一樣多話，總是讓整個樓梯間繚繞蔬菜燉肉鍋香氣的大樓管理員；在自家花園種一堆東西，再到市場擺攤賣個三頭蒜和冬季甘藍菜的退休族，還有革命共產主義同盟和工人鬥爭黨的軍人，以及在兩班火車間大話鐵道故事的鐵路局員工。你熱愛這個小世界，這種活在時間之外的週六。開胃酒似乎永遠喝不盡，妮可總是咒罵那些掛在吧台上不肯離開的客人，威脅他們再不入座就沒有牛排吃。但只要窮學生進門，一定有多的薯條。你從來不是個有錢人，但對沒錢的人總是慷慨得過分。

童年的你很沉默，所以後來對我說的都是別人的故事。比如那個叫賣的小販，每回他在鐵路和森林間迷路，經過你們的小屋前時，餐桌上永遠都有他的盤子。為了不讓他餓死街頭，你的母親就算不需要，還是會買他的東西。幾個小玩意、一張耶穌像，再加上一些打火石和棉線。下雪的夜裡，你父親會讓他睡在穀倉的稻草和牧草上。某天，那個小販送你一個紅色的水果乾，他說是從非洲來的。你用力咬了一口後，馬

❾ Aligoté，一種勃根地特有的白葡萄品種。

上跳了起來，有如火燒舌。所有人都笑了，你是這樣認識辣椒的，每當你把切碎的埃斯佩萊特辣椒撒在醬糜上時，都會說起這段不太有趣的往事。我們兩個都很喜歡辣椒刺舌的感覺。我還跟你分享了我的特製興奮劑，是在吐司上塗哈里薩辣醬，再淋一絲橄欖油和蒜蓉。

路西安把豬頭肉凍的鍋蓋打開，你輕輕插入刀尖，然後瞇著眼說了聲：「可以了。」豬頭起鍋時熱氣蒸騰的場景頗為壯觀。你把它放到一塊用來切大塊食材的厚實歐洲雲杉上。你喜歡把家裡的木頭做成廚具，比如把黃楊木變成鍋子或花邊輪刀的把柄。你為豬頭去骨時，會順便吸嗅刀柄上的杜松子香氣。一旁的路西安負責過濾高湯，並在收汁後加入巴西里。你不願浪費任何一塊碎肉，總會努力刮到見骨，而且一定要親自切片，絕不假手他人。閃著光芒的象牙白頭骨現身。那兇惡的長相讓我看得出神。幾年後的某一天，我年紀比較大的時候，路西安曾經把一個豬頭放到結晶碳酸鈉水裡滾過，讓我帶著潔白亮麗的豬頭骨到學校上實物課。老師還把它擺到展示新奇物件的櫃子裡，就放在菊石化石旁邊。

浸了豬肉的湯汁逐漸變得濃稠。你點了一根菸。路西安把沙拉盆、碗和慕斯杯排成一列，你拿著湯勺一一填入豬頭肉凍。路西安把其中一個玻璃罐放到窗邊冷卻，那天晚上你們就開來吃，你一如往常地說：「還不錯，可是應該可以再多加點香料。」你永遠都能挑出不足之處。

那天，你看起來心事更重了，你想著身在第戎的媽媽。

「你要去蓋比家渡假。」你說。

「你是說路路的哥哥嗎？」

我從來沒見過他，但他們常把他掛在嘴邊！我感到一陣驚慌。

「為什麼？」

「就是這樣，不要臭臉，」你說，「一定會很棒的。」

那是我第一次離家。我很高興能到蓋比家，但同時也害怕再也看不到你們，看不到你和媽媽一起的身影了。

9

那段日子是我一生中最美好的假期。蓋比和瑪莉亞住在一起。路路說她「美得像個天使」。她圓溜的藍眼珠就像短靴上的扣子。我討厭她做的甜菜根，只能靠她的蜂蜜蛋糕彌補。她是俄羅斯人，說起法語有的時候像嘴裡含了滷蛋，就跟那個魚販一樣。

在見到蓋比以前，我就聽過他的故事了。蓋比和德國人打過仗，先是參加了上杜省的游擊隊，後來又加入摩洛哥古梅爾遠征軍⑩，就是當時人稱塔博（tabors）的

⑩ 古梅爾（goumier）是摩洛哥的一個部落，法國在二戰期間曾雇當地傭兵遠征其他國家。當時這些士兵的作法相當殘忍，後來甚至完全不受法國軍官控制與管理，因此為人垢病。

軍隊，是令人既敬佩又恐懼的部隊。蓋比從來不說參戰的事，都是別人敘述的。路西安的皮夾裡有一張蓋比坐在架著機關槍的吉普車上的相片。每回拿出來時，他都會說：「你看，我哥跟阿拉伯人一起打過仗。我那麼討厭的阿拉伯人耶，很難想像吧！」

有一天，我聽到路西安在跟你說蓋比和瑪莉亞相識的故事（我想應該不是第一次）。那是一個夜晚，他和其他士兵在德國的某個小村莊裡野營。蓋比艾爾⓫在找給營火用的木頭時，發現一個滿臉驚恐的女子瑟縮在稻草堆裡。身高一百九十公分的蓋比擁有隨意就能拿起耙子揮灑稻草的壯碩體型。瑪莉亞在這名身穿軍外套、外蓋著髒羊皮的男子面前顫抖。他趨近，說了些話，但對方似乎聽不懂。他在這名嘴唇龜裂的女子身邊蹲了下來，輕輕掀開那層羊皮並遞給她。女子仍然嚇得發抖。於是，他往後退了幾步，做出會再回來的手勢。當他帶著食物和毯子出現時，娃娃般的雙瞳驚訝地盯著他。他從K口糧⓬的紙箱裡拿出一根巧克力棒和餅乾。女子小口進食，蓋比則為她升火取暖。兩名男子站在他後方的門邊取笑他：「他要給自己找點樂子了。」他回

⓫ 蓋比艾爾（Gabriel）是蓋比（Gaby）的全名。

⓬ 美國研發的軍用口糧，通常是廉價但熱量高的食物，供單兵一日消耗。

敬一句「滾蛋」後，留在徹夜難眠的瑪莉亞身邊，時不時添加柴火並要她安心入睡。可是最後卻是他在晨光乍現時睡著了，雙腿間還夾著槍。

路西安在這傳奇故事中加油添醋，述說瑪莉亞和蓋比從那一夜後就再也沒有分開過。戰爭結束後，人們看到他帶著一位語言不通且從共產主義國家來的女子回來，都擺出扭曲的嘴臉，還謠傳她是被送到德國工廠裡服務的妓女。蓋比把他們結婚的告示貼好後⓭逕自走入村裡。在請大家喝酒前，他靠在吧台上警告眾人：「誰敢再對瑪莉亞說一句髒話，我就打到他哭爹喊娘。」沒有人敢吭聲。

假期的第一天，我就愛上了蓋比和瑪莉亞的瘋狂。瑪莉亞把我抱入懷裡時，我聞到她身上的紫蘿蘭香味，和媽媽複雜的味道不一樣。我看著她用報紙剪出洋裝上的花朵圖樣。她用裁縫機時會一邊聽梅尼．格雷哥瓦（Ménie Grégoire）的廣播節目，聽到主持人談性話題會露出微笑。他們兩人似乎形影不離，就連蓋比到林裡砍柴時，好像也在不遠處。他們的房子是兩人合力建成的，仿造她家鄉的俄羅斯小木屋以花旗松為建材。

⓭ 法國的法律規定，登記結婚前要公告訊息。

「這是給我的俄羅斯娃娃的房子。」他站在老婆成堆的刺繡品間說。蓋比和瑪莉亞沒有小孩，但有數不清的貓孩子，全都叫 Kochka，俄語「貓」的意思。他們的房子裡經常飄著木頭和果醬的香氣，我最愛的是桑椹。瑪莉亞認得森林裡所有的漿果和菌菇，她會泡各種花草茶，比如我喉嚨痛時，就會喝到黑莓葉加蜂蜜。因此我經常謊稱自己某處疼痛，好讓她照顧我。

房子呈L形，他們在同一個空間裡吃飯、睡覺，床就擺在L的尾端，由一條石榴紅的厚簾隔開。我的房間很小，裡面放了一張塞滿玉米葉的床墊，還有成串的乾菌菇，是她用來做皮曼尼餃的。我熱愛這種俄羅斯水餃，她甚至教我怎麼做。把填了餡的餃子皮摺成半月型，再輕輕放入滾水中煮熟。我還會到花園裡摘些蒔蘿，拌進鮮奶油裡做成佐醬。有天晚上，瑪莉亞告訴我，皮曼尼餃的內餡也可以用熊肉來做。他們被我嫌惡的表情逗得發笑。蓋比又接著說，他在孩提時代還吃過碳烤小鳥和野生狐狸。「可是烹煮以前，要先把牠們放在室外結凍。」他特別說明。

瑪莉亞和蓋比養了母雞、兔子，還有一個花園。再加上周遭的天然資源，我覺得他們應該可以過著自給自足的生活。麵包車每個星期來兩次，他們會買幾個裂縫麵包、麵粉、糖和咖啡。瑪莉亞對咖啡情有獨鍾，且總要加大量的糖。只要有客人來訪，無論任何時辰，她都會說：「來杯咖啡吧。」她為蓋比煮了咖啡後，會送到床上給他，這段時間，他們允許我坐在兩人之間，一起看橘色的陽光染上原本昏暗的林線。當太陽爬到林木之上，蓋比會宣布：「懶蟲們，起床了！」

蓋比自稱無政府主義樵夫，對當時還是男孩的我來說，這個身份反應在兩件事上：出門時身上一定帶著木鋸，以及手握雷諾4L方向盤時一定哼唱克拉奧訥之歌⑭。他雖然上過戰場，卻厭惡所有跟軍人、神職人員、政客、條子有關的一切。至於憲兵，因為年輕時在某個喝得爛醉如泥的夜裡，曾經被他們從溝裡救出來送回母親身邊，所以他願意容忍這種職業。我喜歡坐在那輛4L裡，感覺就像是要出征了。車上散發著汽油、機油和新鮮木柴的味道，還有柴刀、斧頭、用來分裂木頭的楔子和磨利鋸齒的銼刀。但這些都比不上後座那一堆卡其色的破衣服帶來的戰爭氣息：軍褲、軍靴、寬緣帽和M43軍外套。我問蓋比：「戰爭是什麼樣子？」他抓了抓後腦勺說：「百分之九十的時間都在擺爛，剩下百分之十的時間就真的是在噁爛裡渡過，最噁最爛的那

⑭ 克拉奧訥之歌（La chanson de Craonne）是在一戰期間流傳於法國士兵間的反戰歌曲。

種。」他用力轉了一圈方向盤，離開正常的道路，進入林道之中。坐在4L裡的我因坎坷的路面不斷彈跳。最後，我們在一個注滿雨水的車轍前停了下來。

「看好了，我帶你去一個好地方。」蓋比說。空氣中有潮溼的金銀花香，樹幹被苔蘚侵蝕。我們踩過一片柔暖的草皮，直到一處明亮的林間空地，四周的樺樹被陽光照得發亮。蓋比砍倒了幾棵樹並劈開木柴後把電鋸放下，添油、磨刃。有時，他也會停下手上的事，說一些無稽之談：「巴枯寧說過，老二和鋸刃，這兩樣東西男人得隨身攜帶並且細心照料。」隨即搖搖頭，再翻個白眼：「不存在的老天爺啊，我講了什麼蠢話。可別告訴你爸媽，好嗎？」

路西安說哥哥管不住自己的嘴，總得說些不三不四的話。據說就連打仗時，他要對德軍士兵開槍前，也會先逗他們發笑。蓋比的工作哲學很特別：不是工作的工作才要做。某天吃飯時，他對我解釋了這句話：「哪個工作讓我感到厭煩，我就會換掉。當然了，最重要的是不能有老闆。」面對愛情，他也有一樣的態度：「哪個女人讓我覺得跟她在一起度日如年，我就抽身。但你知道的，瑪莉亞不一樣，就連幫她準備燒飯的木柴我也會很開心。我喜歡她當我的老闆。看她刺鏽、縫紉，每件事都像是第一次。你也一樣，如果有一天，你遇到一個無論一起做什麼小事都開心的女人，就是對的人。」蓋比不砍柴時便幫忙農收和集草，也會宰殺豬隻做豬血腸。「可是除非天下紅雨，他才會收費。」他的弟弟這麼說。蓋比從來沒有申報社會福利，也沒有提繳退休金。他認為這「都是那些大老闆做出來壓榨工人的搶錢機器」。必要時，他會用木材、雞和乾羊肚菌支付醫藥費。

蓋比愛森林勝過一切。他啟動電鋸時，我就往返於4L和柴堆之間準備各種工具。我會假裝畏寒，要求穿上M43軍外套，儘管衣長及膝。我生起營火。森林裡的火是神聖的。我把細枝和樹皮集中在蓋比指定的地方，蓋起一座金字塔，火舌就從那裡竄出。一旁的蓋比會偷偷監督。「別加太多木頭，會把火焰壓熄。」這天，他砍下過於密集的新生矮林，對我說明「這些可以用來做引火物，麵包師傅最喜歡用這種木頭點火了。」他把粗木疊在枯葉上再讓我接手，時不時提醒：「小心，沒有疊正的話會倒下來。」蓋比跟老爸不一樣，他有用不完的耐心，我聽不懂時也不會拉高音調。我希望他是學校的老師，跟他一起，我願意學習任何新的東西。樹、植物和昆蟲，什麼都好，就連數學和地理，在他用榛樹枝解釋之後，也變得容易多了。

在生火與堆柴之外，我無暇做其他事。我急著達成任務，就為了看他詫異的表情。我熱得脫下軍外套時，他會轉頭說：「別急，又不是火燒屁股。」和廚房裡的工作不一樣，在他這裡，沒有所謂的燃眉之急，而且和路西安與老爸不同，他經常一個人。「我喜歡這樣，」他說，「我連自己都受不了，更不用說別人了……而且，森林裡其實很熱鬧。」蓋比說這種話總讓我心動神馳。路西安說過蓋比會跟樹聊天，有一次，有一群小狐狸甚至睡到他的軍外套上，牠們的媽媽還在一旁看著。和他一起去採冬青樹那天，我發現他其實是個保護系的巫師 。我們爬上斜坡，來到一個鋪滿蕨類和歐石南的平台上，一間被細心照管的獵人屋座落於此。屋子的門沒關，屋內昏暗無光，充斥著冷掉的菸味和茴香酒的氣息。一張桌子、兩張凳子、一座燒柴的爐灶和一面流理台。蓋比打開其中一個抽屜，把手指擺在唇上。「你看。」他說。半明半亮之間，我看到裡面躺著五隻睡鼠寶寶，牠們在蓋比鋪了稻草和破布的抽屜裡冬眠。我正要伸手撫摸時，蓋比抓住了我。「不要吵牠們。牠們被吵醒後很難存活。」他小聲提醒。他通常用「死亡」形容人類死去，對於動物則說「斷氣」。事實上，他自己是連蒼蠅都不殺的。

堆好一疊木柴後，我的肚子也開始抗議了。蓋比用調侃的眼神看著我。「你給自己賺了一餐。」他放下電鋸後對我說。他先從布袋裡抓出一把馬鈴薯放進炭火，然後要我去切兩段直挺的樹枝。我把樹枝兩端削尖後，他會插入豬膘、兔腿、雞翅、各種魚類或是鹹鯡魚。這種鹽燻鯡魚對我來說可比金魚銀魚。我很喜歡炭烤這些海裡來的紡錘時，柴火散逸出的味道。油脂豐厚、熱騰騰的魚肉拌入馬鈴薯中，再加進一點野生洋蔥後做成薯泥，真是美味極了。鹽燻鯡魚讓人口渴，蓋比會在我的水杯裡摻一點克萊雷特氣泡酒。我覺得我們就像戰友，大可一起參與孚日或阿登的戰役。我試著模仿他用小刀把麵包切開再送進嘴裡的動作。他說鹽燻鯡魚是下等人、工人和無政府主義者的食物。下次你做醬靡的時候，我再跟你解釋。蓋比把菸草塞進菸斗裡。「要不要試試？」某天，他這麼問我。他從不禁止我做任何事，但必須有原則。「這就是無政府主義。」蓋比把短管菸斗遞給我時這麼說。無政府主義讓我狂咳了一陣。「這是好兆頭。」他宣告。

爸媽要來接我的那個下午，瑪莉亞把我梳洗得跟一枚全新的金幣一樣。她洗了我的衣服，摺好後放進我的瓦楞紙小皮箱內。另一個袋子裡裝了果醬和乾燥花草，都是我在假期間做的。瑪莉亞在我們喝花草茶時也教我怎麼把它們曬乾。為了逗我笑，蓋比開玩笑說我身上還有鯡魚味，也答應下個假期就教我怎麼使用電鋸。

但我還是悶悶不樂。我又到花園裡轉了一圈。正當我撫摸著躺在兩行四季豆間的貓時，遠處傳來了車子的聲音。我一點也不想迎接他們。老爸的腳步聲逐漸靠近，我盯著他的黑色帆布鞋來到我面前。我抬起頭，陽光刺眼，他抓住我的手幫我起身，隨意給了我一個吻。他的鬍子好幾天沒刮了，點綴著幾根白鬚。我向後退了一些，看到妮可在他身後和瑪莉亞小聲聊著。「媽媽呢？」爸爸繞住我的肩。他的沉默彷彿持續了一個世紀。一句話不經大腦就從我嘴裡冒了出來：「她死了嗎？」他長嘆了一口氣後說：「沒有，才沒有，你在說什麼！」我慌了，淚水模糊了我的視線。因為聽不清楚老爸的回答，我大叫：「多久會回來？」可是我心裡明白，她永遠不會回來了。

2

1

　　夢醒時，我試著自我催眠。也許她還在，我只需要穿過廊道去打開她的房門。其實，我很常做這樣的夢。在夢裡，我走進一個昏暗的房間，摸索著床角，爬上床後在她的背後蜷起身子。我撫摸她厚重的頭髮，送上一個吻。埋在枕頭裡的她說：「寶貝，你來了啊。」然後轉過身，滿臉睡意，抱住我輕聲說：「抱一下。」我捲起身子，在她懷裡搖宕。她用無數的吻覆蓋我的身體，反覆呢喃：「我最愛的小寶貝。」

　　日光透過百葉窗滑進室內。我們沒有再多說什麼，媽媽又睡著了，斷斷續續地打呼。我撫摸她右手上的痣。我很喜歡那顆痣，有如一片彩屑落在暗沉的皮膚上。她改作業時，這顆痣會染上一圈紅墨水。她的中指也有一個腫起的指節。「因為太常握筆才會這樣。」她說。對老爸來說，那是「智慧的象徵」。媽媽驚醒，在床邊桌上翻找她的手錶。「七點了，寶貝，hurry up。」我喜歡她對我說英文，感覺像活在英國特務影集《復仇者（Chapeau melon et bottes de cuir）》裡。她承諾：「總有一天，我會帶你去倫敦。」

走廊那端的腳步聲把我從夢境拉了回來。慵懶的步伐，是妮可。由於常年在餐廳裡站上十五個小時導致靜脈曲張，她經常會喊腳痛。看她按摩腳踝上發紫的血管，很容易忘記她的成熟美，還有那段時間她總整理地無可挑剔的白金色捲髮。當她站在收銀台後抽著皇家薄荷菸，直筒裙下的小腹微凸，總能讓吧台上的男人看得忘我，也忘了杯中物。路西安說她能「鼓舞一整個輕騎兵隊隨她衝鋒陷陣。」妮可應付那些黏在吧台上的無賴酒客時，能把一票男人們逗樂。有一天，一個男人調戲正在洗杯子的妮可：「小妞，給泡嗎？」她毫不留情回敬：「什麼泡？給你這種蠢豬用的刮鬍泡嗎？」對方自討沒趣，只能把鼻子埋進蘇茲酒裡。

我拿出料理筆記，希望從中得到安慰。妮可住進你們房間前，我就把它從媽媽床邊桌的抽屜裡取走了。我經常躲在被子裡翻閱。除了看你的食譜，更重要的是從媽媽的字跡中尋找她的蹤影。我在每個字母間緩步徘徊，想像她拿著筆的手上那顆痣。她寫e的方式很特別，最後一筆不是畫成弧形，而是往空白處飄去。「這是我叛逆的方式。」她笑著說。接著又問我知不知道叛逆的意思，見我猶豫，她馬上舉出蒙面俠蘇洛、俠盜羅賓漢這類用合理的方式幫助窮人的獨行俠。「就跟爸爸一樣。」我補上一句。她回以一抹微笑。

你告訴我媽媽離開的消息時，只簡單地解釋：「我們沒辦法繼續生活了。以後妮可會照顧你。我也會。」因為你睡在樓下，不想留我單獨在二樓，所以妮可從那天起就睡到你們房裡了。

媽媽的痕跡從房子裡徹底消失了。沒有書，衣櫃裡沒有她的衣服，床邊桌上也沒有妮維亞乳液和手錶。就連她的味道也不見了。有時我會固執地鑽進她的枕頭，卻只能聞到妮可那令人發膩的定型噴霧。浴室裡也是，放了滿滿一盒她的美妝品。妮可經常化妝，特別是星期六晚上出門赴約時。老爸，你都說她會「外宿」到星期一早上才回來。你受不了「她的男人」。那個名叫安德赫，小名赫赫的人。巧言令色、風流瀟灑，一身威爾斯親王格紋西裝。週六晚間來找妮可前，他都會在烏黑的頭髮上抹髮膠，向後梳得油亮。他會坐在吧台上等妮可下班，是店裡唯一喝威士忌的客人。「起瓦士⓯就好。」他通常這麼說，然後在其他客人面前神態高傲地喝著，滿嘴承諾透露賽馬名次。他永遠都有東西出售，「幾近全新的 BMW」、「仿 Smalto 男西裝」、「價格親切的蒙哈榭⓰」。他請吧台的人喝酒，由妮可買單。當他看到你從送餐窗口探出頭時，會以不屑的口吻宣告絕不在店裡吃「布紐樂⓱料理」，而且他比較習慣米其林一星餐廳「帕克」的食物。他的存在讓你渾身不自在，為此，你寧願讓妮可早點下班，自己收拾吧台和餐桌。週間，他也會來找妮可要錢，你常對路西安說，總有一天要「修理這個皮條客」。她也明白你的反感，但「那是我的男人」她嘆著氣說。

路西安關上鐵捲門，說了句「星期一見。」你繼續把杯子擦乾。我看著掛在吧台附近的電視，播出的節目是《Johnny Hallyday 集錦》。你遞給我橘子汽水和花生

⓯ Chivas，蘇格蘭威士忌。
⓰ Montrachet，產於勃根地的白酒。
⓱ Bougnoule，法國人對北非阿拉伯人的貶稱。

後說：「又是星期六晚上了。」可是你聽起來一點也不興奮。我們父子倆又渡過一個平淡無奇的週末，直到星期一的沉重再度壓上你的肩。你會再度敲打爐灶、吹著口哨，毛細孔裡滲出憂鬱的汗水。我常想，到底有哪些時刻是你手裡沒有菸、或是沒在廚房一隅抽菸的。你的頭髮白了，雙手也因為媽媽不再用乳液為你按摩而皺了。你沒再提過她，彷彿她未曾存在。然而，我很清楚，這個房子裡她無所不在。你再也不去二樓了，打掃和整理的工作都請妮可代勞。某天你聽到她跟媽媽一樣叫我朱朱時，還兇了她。「他有名字，叫朱利安。」你再也不做布里歐許了，還有加了橙花露的血橙沙拉。當然也沒再買過生蠔。

星期天變得難熬，但我們盡量保持原有的模式。我們就像特技演員，站在沒有媽媽的人生鋼索上，找不到平衡點，隨時都有可能掉進悲傷的深淵。睡覺前，我不小心看到你穿過餐廳，坐到那張媽媽以前獨自前來用餐時會坐的桌旁發呆。她離去後，再也沒有人坐上那張桌子，但妮可還是會鋪上桌巾。那個角落變成了擺放花草的小天地，一個沉默的紀念碑。

星期天早上，你會在九點叫醒我，送上買東方共和報時順便帶回來的葡萄乾麵包。我在廚房吃完早餐後就開始寫作業，而你就在不遠處喝著那桶咖啡看報。你通常從訃文開始看起，然後是社會新聞和地方新聞。有時，你會抬頭問我：「『過時』是什麼意思？」我會跑上樓拿字典，為你找到定義。你要我仔細唸出上面的字，一唸再唸。你會說：「哦，還不賴。」這是你學會新東西時特有的用語。媽媽在的時候，你從來不需要字典，但也總是不敢開口問她。她離開後，你要求和我一起學習新知。

十一點半，我們會到格宏路上的肉舖買烤雞和洋芋片。我在對面的糕點店裡挑了巧克力閃電泡芙，而你挑了布雷斯特泡芙⑱。我們往舊城的方向走去，穿過運河和廣場，再沿著延伸到河邊的白楊木小道走下去。微傾的河岸上沒有別人，我們在那裡坐了下來。大聖堂的鐘敲響了十二點，你給自己開一瓶啤酒，我的則是橘子汽水。

我和你一起渡過每個孤單的週日。咬一口雞腿，抓一把洋芋片。風雨無阻、寒暑不輟。你從和蓋比一樣的食物袋裡拿出收音機，轉到 Europe 1 廣播電台，再幫我把竹製的釣竿裝好，掛上一小塊雞肉作餌。你自己偏好用湯匙型的假餌拋竿做釣。記

⑱ Paris-brest，一種形狀像車輪的泡芙，糕點師路易・杜蘭（Louis Durand）為紀念一九一〇年巴黎與布雷斯特間的腳踏車賽創作的點心。

憶中我們的漁獲從來不多。但也不要緊。星期天我們就是會一起待在沙沙作響的白楊木旁。米榭・戴佩許在廣播裡唱著〈調情（Pour un flirt）〉，但我偏好庫爾夥伴合唱團。有的時候，你會把我從頭到腳審視一遍，彷彿整個星期都沒有看到我似的。視線回到釣竿上後，你輕聲怨嘆：「看你的褲子變什麼樣了。該換一件了。」我喜歡你生我的氣，代表你眼裡還有我。

我數著大聖堂鐘聲的次數，默默決定下次響起前，就要問你媽媽為什麼沒有道別就離開。就連她自己也說事出必有因，地球繞著太陽轉、母的哺乳動物有乳房、同盟國在一九四五年戰勝德國，還有秋葉飄落都有個因由。所以，我要一個解釋。我試圖回想往日的三人時光，但畫面總是停留在星期日的布里歐許，還有我們一起揉麵團、你把海鮮飯的鍋子帶到床上，以及為媽媽準備生蠔和香檳時你愉悅的笑容。我想找回你們在隔板另一邊的房裡吵架時使用的詞彙，想得頭昏腦脹。我想不起媽媽在等待開往第戎的列車那天戴了什麼顏色的領巾。我暗自許諾，兩點的鐘聲響起時，就要問你她離開的原因。這個問題如鯁在喉，我需要一個神奇魔法，好給自己一點勇氣。於是，我把魚竿拉出水面，拿起魚鉤刺了大拇指。珍珠般的血滴。這是血的代價。跟我在漫畫雜誌裡看到連載的《拉昂》[19]後想像的冒險世界一樣。你皺起眉問我：「流血了嗎？」我嘟囔著：「沒事，拇指被魚鈎勾到了。」兩點的鐘聲響起，我沒有提出那個問題，默默地把它收了回來，等待下一滴血。

釣竿的另一頭沒有任何動靜。我正要起身時，你問：「你要去哪裡？」你很清楚我是要走去河邊的鵝卵石區，但我有另一個答案無法隱忍。我對著你喊：「關你屁事？你又不是我媽！」我好希望你把我趕出臥房，關上你和媽媽的房門，就像從前。

[19] 法國漫畫，原名為 Rahan, le fils des âges farouches。

2

我彎下腰撿起碎石路上的木塊，冷風吹著我的下背。我討厭北風，特別是在我們這個法國的東部地區，風彷彿是一陣淒涼的哀訴，吹過這片曾被歷史踐踏的森林、湖泊和平原。

我拿了一根光滑的木頭給你。木頭的形狀很像拐杖。你提議用折刀把它削尖。我著迷於你嫻熟的動作，用短小的刀片靈活地削下薄木片。

「你怎麼會做這個？」

你微笑。

「放羊的時候看牧羊人做過。我們會用接骨木做哨子，還會做成筆沾墨水畫畫。」

你把削過的木頭遞給我。

「你要拿來做什麼？」

「不知道，跟其他木頭一起放在我房間裡吧。」

「要不要做成做菜的工具？」

「做菜？」

「可以用來幫餡餅或酥皮醬糜開個煙囪⑳。」

「可以嗎？」

「當然可以。不然我幹嘛說？」

我吃掉剩下的洋芋片時，老爸在一旁拆釣竿。我不喜歡這種時刻，代表新的一週又要開始，明天又要去學校了。你會成天黏在爐灶旁，妮可會在外場，沒有多餘的位置迎接意外。我想要西部片裡的那種生活。你是深入科曼奇㉑活動區的偵察兵，是

⑳ 餡餅或醬糜在進入烤箱前，會在中間戳出一個洞，塞入煙囪狀的物體，幫助熱氣循環，均匀加熱內餡。

㉑ Comanche，居住於美國奧克拉荷馬州的印第安人。

賞金獵人、淘金客或一般的獵人……我們騎馬穿越陌生國度，征服西部。丘陵間的突擊、沙漠上的對決、北方凍原上的暴風雪。我有一匹雙色馬，嬌小、神經質。還有一隻長得像狼的狗，名叫白牙。我們坐在營火旁吃蕃茄白豆，然後你把帽子壓低後遮住臉，席地而睡。

和那些偶爾來店裡喝酒的摩托車騎士一樣，你會有一雙牛仔靴。還有一把短槍托的溫徹斯特步槍，和《黑色九月（Au nom de la loi）》裡喬許．藍德爾拿的那把一樣。話說回來，你的眼神還真的挺像史提夫．麥昆的。但你失去了耐心。送餐太慢、餐點不熱，於是你大聲抱怨。媽媽離開後，你更是變本加厲。

星期天傍晚，我們照樣去起司店。你稱這個隱身在栗樹和杉樹林間的農場為「木屋」。廣播裡無趣的政治節目低吟著。你其實沒有在聽，只是需要一點背景噪音。山路蜿蜒而上。我愛這種日落時分。黃昏時刻的餐廳很有活力，人來人往直到深夜，即使已過午夜，只要有一塊多餘的醬糜或山羊起司就能延長閒聊時間。我聞著「木屋」的奶香味。踏在花岡岩地板上的雙腳，無論寒暑都會感到寒意。你選起司的時候，我會把頭探進銅製的發酵桶裡。農場裡還有一種有趣的工具，既像耙子，又像掃把，上面的不銹鋼線會把凝固的牛奶切成玉米粒般大小，再製成圓盤狀的起司，在地窖裡飄香。我在這半明半亮的房間裡，輕撫著溼潤、發皺、帶著鹹味的外皮。你選了一塊帶有斑點的柱狀起司，酪農磨擦表面時，它的外皮剝落，像塵埃般揚起。「靠近一點。」你說。我看到一些黑點。「那是蜘蛛。這些外皮是蜘蛛的分泌物形成的。」有一次，酪農把一包臭氣熏天的東西遞到我面前，是個用來凝結鮮乳的乾燥小乳牛皺胃。那一刻，它讓我忘了悲傷，而我知道你也一樣。

晚上七點是可麗餅時間。由我準備麵糊。不消說，沒有食譜。你斟酌牛奶和麵粉的量，也把奶油加熱融化。我這邊負責器材：一個沙拉盆，和一支比你的小一點的打蛋器。現在的我已經能把蛋完整地打入麵粉中了。緩緩倒入牛奶和奶油的混合物後，我用盡全力攪拌，彷彿我是世界唯一的希望。你阻止了我：「太快了，注意你的動作，要有規律，不然噴得到處都是了。」別的不說，只要不是午餐或晚餐時間，你還是挺有耐心的。爐火低鳴，你討厭星期一早上面對冰冷的灶，所以會在星期天晚上把火升好。我的平底鍋敲到爐灶。「小子，不要亂敲，對廚具不敬。」我們家也嚴禁把可麗餅拋起，這是「對聖臘節㉒的不敬」，因此，我得安份地用煎鏟翻面，最後煎出了一片燒焦破爛的抹布。「沒關係，熟能生巧，重來一次吧……」

我們做了「一卡車」的可麗餅，留到星期一繼續吃。正當我迫不及待拿出瑪莉亞做的桑椹果醬準備大快朵頤時，你叫住我：「等等，給你看個東西。」你拿出一個牛奶鍋，灑下砂糖。砂糖融化，聞到焦糖味時，鍋子離火，再加入奶油和鮮奶油，最後塗到可麗餅上。我大口咬下。「我做的焦糖醬很好吃吧？」

那一瞬間彷彿時光倒流，回到你還快樂的日子。我轉開電視，等了一會兒畫面出現後，我大聲唸出電影的名稱：《風塵三俠（L' Homme aux colts d' or）》。我把手指伸進盤子裡轉了一圈，吸吮著抹醬。你給自己壓了一杯生啤酒，坐到我身旁，上唇沾了一些泡沫。「你不吃一點嗎？」你喝了口酒，對我搖搖頭。

㉒ 聖誕節過後四十天，也就是每年的二月二日，法國人會聚在一起慶祝聖臘節（Chandeleur）。這一天，人們會吃可麗餅，金黃的圓形象徵太陽的回歸。

3

溫暖的風從窗外帶來秋老虎的味道。空氣中有十月天裡染得金黃的懸鈴葉香氣。我討厭秋天的氣味，代表著開學的季節，也討厭淡紫色的秋水仙點綴我們週日釣魚的河岸，以及你用冷淡的聲調，一邊削著洋蔥皮，一邊對我說「上學愉快」；討厭妮可幫我選的那件綠色絨毛褲；討厭明明才踏上講臺就撲鼻而來的粉筆味。我盯著黑板上殘留的字跡，全班同學加在我身上的壓力壓得我背好痛。

「怎麼了，朱利安，變成啞巴了嗎？」她的聲音猶如當頭棒喝。我的頭猛然前傾，差點沒撞到黑板。杜蔻斯太太每回叫我時我都會這樣。她是五年級的導師，新學期惡夢般的驚喜。

「準備好了嗎？」她又看錶了。我寧願發呆也不想出聲，默默拿出那本料理筆記。

我的手指滑過皮製封面。杜寇斯太太要求我們寫一則故事，還要站到講臺上發表。第一個金毛的同學敘述了全家開露營車到義大利渡假的故事，從羅馬人和火山講到在海邊游泳。對我來說，他根本是去了一趟月球。我接在他之後上台。在義大利的故事後，我帶來巧克力慕斯的食譜。我大可敘述星期天的故事、那隻雞、釣魚或木屋的起司，但我深怕他們搶走屬於我們的生活。於是我打開料理筆記，翻到夾了書籤的那一頁，深吸了一口氣掩蓋從肚子裡發出的咕嚕聲，任由思緒翱翔，天馬行空。

回憶中有個畫面很鮮明，是媽媽把手指伸進沙拉盆裡蘸了你融化的巧克力。我也想要一點。她笑著搖頭，一面用食指塗在我的唇上。你呢，你說：「停，不然不夠做慕斯了。」你轉動圓盆，把蛋白打發。硬挺的蛋白就連插在裡頭的打蛋器也站得筆直。我模仿你的動作，高聲向同學描述這件事，順便說明了你把濃稠鮮奶油加進慕斯的過程。

濃稠鮮奶油是你的秘密配方。正是這個秘密讓慕斯口感絲滑，讓客人一再回鍋詢問。你總是笑而不答，交情再好的熟客也不透露。聽說有許多客人是為了品嚐你的炒馬鈴薯和巧克力慕斯而來到百花驛站的。甜點時間一到，妮可會把裝滿慕斯的沙拉盆放在桌角，讓每個人自取。我複述你的話：「慷慨，這才是料理的真義！」除了慕斯外，你也會準備手掌大小的杏仁薄片，供客人蘸著咖啡吃。

我闔上筆記，聽見自己鬆了口氣。

「說完了。」

壁爐的熱氣加重了教室裡的沉默。

「所以呢？」老師問。

我感覺到同學間尷尬的氣氛。

「聽得我好餓。」其中一位挺身而出。

杜蔻斯太太瞪了他一眼。

「這完全不是我要你們做的。這是食譜，不是故事。」

她一字一字地說：

「這是國語作業，不是烹飪課的作業。」

我不知道該怎麼回答，但很想對她大喊，炊事就是你一生的故事。比起她在課堂上硬塞給我們的廢物，你那些烹飪技巧對我來說更值得學習。我想對她說，你的每個動作都是一則史詩，也想跟他們解釋你如何用各種刀子的刀柄和刀鋒展現本領，如何用一小塊奶油和一點麵粉「搶救」（你是這麼說的）太稀的醬汁；還有如何只用手掌輕撫，就能確定爐子的熱度；如何只靠嗅覺就能判斷牛排的熟成天數。

「那你的作文呢？」

我的手在筆記上顫抖。杜蔻斯太太伸手抽走了它，翻開寫了巧克力慕斯的那一頁。

「什麼都沒寫啊。上面只有食譜。而且這也不是你的筆跡。」她蓋上筆記，隨手一扔，志得意滿。

「把聯絡簿給我。」

她激動地寫了幾行字後砸到我身上：

「給你爸看了以後簽名。」

走回百花驛站的路上，我在心裡盤算著，加速、停步、後退，然後施展了神奇魔法：我碰了地面，說服自己世界不會崩塌。有一瞬間，我想直奔廚房，揮舞筆記，一五一十地坦承。我會告訴你，我是如何為你的巧克力和你的廚師身份辯護。我敢說你一定會站在我這邊。可是這次，當我摸到地面時，感覺它會崩塌。不，我什麼都不會說。可是你得在聯絡簿上簽名。

我在吧台旁徘徊，妮可盯著我的眼睛。「朱利安，你怪怪的。」她總是等待我自己「攤牌」，從來不套我的話。「坦白從寬。」她是這麼說的。這次不行。我的舌頭牢牢黏住了。我上樓，把自己關在房裡，頭鑽進枕頭下，企圖讓自己消失。某個下午，因為實在太想念媽媽，我曾把自己關進衣櫥裡。我想躲在黑暗之中，最後卻睡著了。是妮可找到我的。我還記得她當時驚恐的表情。她問我為什麼躲起來，「我想自殺。」我回答。

媽媽離去後，你跟我說話的口氣就跟對路西安一樣。我替你削馬鈴薯皮、刨康提乳酪，感覺就像你的員工。妮可給不了母愛。每當她想表現溫柔的一面，就會顯得笨拙，就好像那是一個她扮演不來的角色。跟你們一起生活的我，被強行帶上一艘沒有童年的船舶。

「朱利安，下來吃你的巧克力。」

妮可把我的碗和杏仁薄片擺在吧台上。我的計畫就在吃東西時浮出水面：吧台下的文件夾裡有一些單據，我要模仿你上面的簽名。再蓋個印章，就會更逼真了。

妮可上樓睡覺了。你在準備隔天的紅酒燉牛肉，這道菜經過重新加熱會讓風味更佳。我用看電視當藉口，把音量開得很大，這麼一來，你就聽不見我的聲音。我打開聯絡簿，把一張百花驛站的收據攤在左邊的頁面上，右邊放了一張紙，用來練習模仿你的簽名。我彷彿長出了翅膀，壓根不覺得這是欺騙。這麼做是在保護你不受老師藐視，我一點也不覺得你會生氣。我在老師名字的縮寫下方簽了你的名。想到可以欺瞞那個惡婆娘，我的心情雀躍不已。使勁按下印章時，更覺滿足。那天晚上，我給了你一個熱情的吻。也許過頭了，你還對我說：「小猴子，慢慢來。」

隔天早上，我滿懷信心。把聯絡簿交給杜蔻斯太太時，手一點也沒有抖。她看了很久，然後用冰冷如鐵的聲音問我：「你爸爸為什麼要在上面蓋餐廳的印章？」這句話如五雷轟頂。我望著黑板，彷彿看到盡頭就可以逃逸消失。「是為了讓它看起來更像真的，對吧？」我咬緊牙關，打死不放。我多想往她刻意燙捲的頭髮上淋下融鉛。多希望她是個男人，這麼一來我就能像動作片一樣，往她兩腿間踢上一腳，或是重重地朝鼻子送上一拳，讓它像蕃茄一樣爆開，再給下巴一記勾拳。「不說話嗎？隨便你。」她拿走聯絡薄，站起身問：「誰要把這個拿去給朱利安的爸爸？」所有人都把眼睛壓到墨水瓶上。「那麼，我要指定一個自願者了……」

金龜子走到我面前，兩手捧著我的聯絡簿，深怕它掉下來似的。大家這麼叫他是因為他有一頭厚重如安全帽的紅髮，而且說起話來有如蟲子嗡嗡作響。他時不時回頭看我，一臉憂心。雖然我保證過絕不會因為他跟我爸打小報告而揍他，但他還是放不下心。不會的，我不會阻止他，也不會報仇，因為他是個「可憐的小鬼」，妮可是這麼叫他的。他住在臭氣熏天、到處都有人大呼小叫的臨時組合屋裡。金龜子的身上大多時候是油煙味，從來沒有洗衣精的香味。每個週末，我們會看到他推著裝滿從垃圾桶裡撿來的破爛從門前經過，挨家挨戶收破銅爛鐵變賣。星期六也一樣，他會在市場結束時把受到損傷的水果和枯黃的蔬菜收走。

金龜子走進餐廳，對妮可低聲咕噥了幾句，我站在門口等待。她朝我丟了一句：「你做了什麼好事？」我對金龜子的惻隱之心瞬間被恐懼取代。我想像自己身在阿爾及利亞的偵察任務中，整個巡邏隊的命運都維繫在我的勇氣之上。「有東西要給爸爸簽名。」連我自己都被這平靜的語氣嚇到了。我應該會是個出色的擲彈兵。金龜子的身影消失在廚房裡，妮可尾隨在後，關上了門。金龜子很快就出來了，頭低得不能再低。我從吧台旁的販賣機裡拿了一包花生給他。他咕噥了聲「不要」。

餐廳裡只有我一個人。我看了眼時鐘，確認時間沒有停止。廚房裡傳來低沉的敲擊聲，我感到不寒而慄。「朱利安，過來。」是你，冷淡、平靜的聲音。你正用擀麵棍把小牛肉拍平，準備做成肉卷。路路送來內餡。你對他說：

「你記得我在阿爾及利亞把你關禁閉的事嗎？」

「嗯。」

「你當時的確幹了好事吧？」

「當然。」

「那時候你有什麼感覺？」

「沒什麼感覺，等你放我出去而已。」

「長官要我處罰你，可是其實把你關到小屋子裡沒什麼用，對吧？」

「可能吧，我也不知道。」

我準備好領受那根即將砸在我天使臉孔上的擀麵棍。你緩緩地滾動著它。

「去洗手，然後來幫忙，現在馬上。」

你把一片小牛肉放在砧板上，放上一團核桃大小的肉餡，把兩邊摺好後捲起，再用綿線綁個十字。接下來就輪到我了。我的第一個肉捲塞得太飽，線也綁得不夠牢。第二個因爲肉餡不足，捲起來就像木乃伊一樣難看。第三個開始才比較上手。

「模仿我的簽名比模仿我做肉捲容易，是嗎？」

沒有人出聲。

「回答我。」

「是，爸爸。」

「那個料理筆記是怎麼回事？」

「是媽媽給你的那本。」

這是在你對我坦白她離開的事以來，我第一次在你面前說出「媽媽」兩個字。

你猛然抽身，點燃一根菸，在通往後院的門上踢了一腳。你敲著木製的門框。「把筆記本拿來。」我正對著你，皮製的封面緊貼我的羊毛衫。「給你。」你打開灶火的門。

煤炭燒得通紅，一陣熱氣襲來。你把筆記丟進火裡，但路西安隨即把它救了出來，手掌燙成了紅棕色，散發著烤肉味。他緩緩貼近你，在你耳邊一字一字地說：「你嫌自己鬧得不夠嗎？」

4

百花驛站露天座旁的天竺葵恣意綻放。妮可每晚都會用一壺里卡茴香酒灌溉。她把我的衣服堆疊在床上，提高音量再次計算數量。「要常換洗衣服，好嗎？」我從二樓的浴室裡大聲應好，一面對著鏡子擠出臉上美妙的青春痘，再順手撫摸睪丸旁冒出的三根毛。這個動作並不是出於驕傲，而是我對發生在自己身上的事感到十分好奇。沒有人告訴我，我的身體正在轉變。

經過漫長艱辛的談判後，我終於可以去夏令營了。往年的七月，我都在廚房裡幫忙，八月到瑪莉亞和蓋比家渡假。記憶中的你不曾放假，有時，我會想起那個畫面，那是一張放在媽媽床邊桌上的相片，是我們三個人在海灘上拍的。可是相片不見了。就和那本料理筆記一樣，自從路路把它從火裡搶救出來後就消失了。我問了他好幾次筆記的下落，路路總是聳聳肩說：「我怎麼會知道？」

由於暫停在車站等待轉車的觀光客絡繹不絕，百花驛站暑假期間從不休店。偶爾關店幾天，都是為了整修。你答應我，八月一定讓我加入你、路西安和蓋比的行列，一起翻修廚房。從小鎮到那個舊農場，只需一個半小時的車程。車站的廣場上放滿了背包和腳踏車。我的那輛比其他人的都要小，放了過多的行李，只要我稍微放開龍頭，車子就會失去平衡往後翹起。我早就要求換輛大一點的腳踏車，你卻總是當作耳邊風。

一號月台上的列車低鳴。兩名鐵路局的員工幫我們把腳踏車牽上列車。輔導員現身。他叫馮斯瓦，有一輛銀色寶獅公路越野車。他說明了接下來幾天的健行、野營和營火晚會行程。你和妮可一起確認，我卻一點也聽不進去。其他男孩都是舊識，聊著沒見面的日子發生的事，只有我覺得自己格格不入。列車長要我們上車。妮可親了我。你走上前，對我宣布，從那一刻起，我是個只需要握手道別的成人了。你身上有茴香酒的味道。我知道是你口中的那些「酒鬼」，他們總是賴在百花驛站內抽著高盧菸吞雲吐霧。他們不壞，每當他們過於嘈雜，妮可會要求他們「降低音量」。葡萄酒、茴香酒和啤酒，輪番上陣。不久前，你開始加入他們，我對這種喝酒的習慣感到反感。

我踏上列車的階梯時，你總算倉促親了我，又隨即轉回月台。酒的事，你很清楚我知道。車子啟動了。車廂裡坐滿了幾個小團體，三五成群圍在一起聊天。我留在車廂外的平台上。我們在好幾個迷你的鄉間車站暫停。空氣中有割草後清新的氣味。我入迷地望著坐在高腳椅上的列車長，他的一雙腿懸掛空中踩踏著油門。列車在引擎的轟隆聲中經過第一個山間平原。針葉林逐漸取代草原，地平線上的景色也變得暗沉。天氣涼了。軌道車停在一個荒涼處。「這裡的冬天跟西伯利亞一樣。」馮斯瓦在我牽出腳踏車的時候對我說。他是從第戎來的。也許他看過媽媽？

我們在蟋蟀的合唱聲中打鬧，我們吶喊、高歌、超車。馮斯瓦和其他輔導員站在腳踏車的踏板上，試圖維持秩序，但一點用也沒有。我享受著和其他男孩一起胡鬧的樂趣。接下來幾天，我們要住在一個舊農場裡，石製的大殿堂環繞著鏽蝕斑斑的鐵絲網。逃生道是一座歪七扭八的鐵梯。門窗上了綠漆。一樓低矮的空間，就像舊時飼養牲畜的低棚，那是我們的餐廳。上樓後，長廊邊整列的洗手台，一路延伸到寢室，廊上的窗戶開在高處，地板嘎吱作響。寢室內的櫥櫃間夾著床，有些櫃子舊得連門都關不上。男孩們分成好幾個小團體，在跟修路橋的卡車一樣的橘色床單上各自結營。我的床在靠近逃生出口的角落，和其他人拉開距離讓我鬆了一口氣。我不想搶櫃子，寧願把背包塞到床下。突然，衣櫃上的黑色喇叭響起熟悉的電吉他旋律。吉米・漢醉克斯走進我們的世界，接著是天使樂團（Ange）和麥辛・佛瑞斯提爾。

夏令營的生活既荒唐又歡樂。我第一天就對馮斯瓦說我常在餐廳裡幫老爸煮飯，在這裡也可以每天煮。我堅持為大家準備波隆納肉醬麵。「這是救援料理」，每當你感到倦怠時就會說這句話。馮斯瓦瞪大雙眼：「你不是隨便亂說的吧？你知道自己在說什麼嗎？」忙著剝開洋蔥皮的我只能點頭示意。我搬來一根杉木作為砧板使用，把洋蔥切成小三角片，拍碎蒜頭，再把蘿蔔切丁，然後全放進鍋裡炒。馮斯瓦拿來一疊冷凍牛肉。「碎肉在這裡。」我看了一眼便皺起鼻頭，因為撤常你廚房裡的碎肉都是用上等的牛肩胛做成的。我讓食材燉煮一會兒，再加入濃縮蕃茄汁和一罐蕃茄罐頭。接著，我把在餐櫥裡找到的牛高湯塊放進熱水溶解，並倒進波隆納肉醬裡。加入鹽和胡椒後，我用木匙沾了些醬汁，遞到那些瞪大雙眼看著我的男孩面前。「試試看！」他們瞇起雙眼直呼：「太好吃了。」我也嚐了一口，擺出專家的模樣：「缺了點味道。」一旁的馮斯瓦見狀大笑。看來這夏令營不是個美食營，櫥櫃裡沒有普羅旺斯香料和月桂葉。我想起早些時候經過那片長滿紅花百里香的斜坡時，似乎看到你會用在羊肋排上的野生百里香。管不上它們離柏油路似乎有點過近，我還是稍微清洗後就剪碎放進肉醬裡了。我又嚐了一口。「好多了。」然後我會補上一句你常說的話：「現在，我們要忘記還放在火上的肉醬。」

中午時分，我的名聲傳開了。不只因為我讓男同學吃下加了油醋和紅蔥提味的紅蘿蔔薄片，更因為令人欲罷不能的波隆納肉醬麵。看著他們把盤子清空，就連最後一根義大利麵也沒放過，我的心情好得不得了。自此，他們都喊我「chef」。然而，我卻只吃麵包加卡蒙貝爾乳酪。馮斯瓦不懂，我便驕傲地回應，「廚師太忙了，沒時間上桌吃飯。」

有一天，我不會做菜單上寫的某道菜。那是一道獵人燉雞。我請求給你打電話。得知營裡沒有廚師時，你十分震驚，先是質問了負責人。馮斯瓦向你說明，我每天都在其他男孩的幫助下，滿足所有人的食慾。我聽到話筒那端傳來你憤怒的口氣。幾分鐘後，你又打了回來：「把我說的話記好。」一瞬間，料理筆記好像又回到我的手裡。我從輔導員那裡取來一些白酒調醬。

我最重要的功績是某天健行時立下的。當時我們在一處美麗的激流源頭谷地紮營。在草地上搭帳篷時，我咒罵了露出的石塊讓我們無法固定營釘。沒想到更大的挑戰還在後頭。夏令營的主任指派任務，假設世界末日即將來臨，我們必須利用手邊的資源生存下來。首先，我們必須用麻繩、一把斧頭、一把刀子和栗子樹枝做出戶外傢俱。以前參加過夏令營的人經驗老到，三兩下就做出令人讚嘆的桌椅，就連晾乾鍋具用的瀝水架都做得來。

一天清晨，我們被母雞的咯咯聲吵醒。一群母雞在我們的帳篷邊玩樂。我們的野外生存任務雖然簡單卻很關鍵。營長下令：中午前做出最美味的雞肉料理。然而，在這之前，我們得先宰殺、拔毛、清空雞肚……這些事就連最勇敢的人也會遲疑。更不用說捉雞了，場面看來就像一場鄉間鬥牛或十五人的橄欖球賽。下一步呢？一位嗜血的青年得拿起斧頭，殘忍地揮砍好幾次，取下牠的頭。我想起在蓋比的小屋後一起處理母雞。我知道得把雞爪束緊，倒掛雞隻，讓血從脖頸處流乾。紅毛的母雞在白蠟樹下掙扎，最銳利的刀在我們之間傳遞，沒有人敢握住它。所有人都把目光投向我，也只能是我了，因為我是廚師。我學蓋比輕輕撫摸牠的毛，然後俐落地切開血管。雞跳動了幾下，地面便染上一灘石榴紅的血漬。「那是牠的筋。」一個男孩說。我忘了生火煮熱水。所有人立刻動了起來，砍小樹幹、撿樹枝。「需要幫忙嗎？」他們問了好幾次。我請他們去採些紅花百里香，自己則把雞泡進沸水中，直到可以輕鬆剝下雞毛。接著是清空肚子，把內臟暫放一旁保存，再塞入紅花百里香。另外一些人用木頭製作了兩根長叉，用來支撐栗樹做成的串肉棍。我們輪流照看烤雞。最後把牠擺在龍膽葉上，端到輔導員的面前。

真希望最後一夜你在我身邊。我們做了如山高的可麗餅。當晚，我累到感覺不到我的背和下肢。夥伴們送了我一塊刻著我名字的砧板。

回到家的那晚，我和你、路西安和妮可一起在露台上喝酒。你們要我說說健行，說說我們經過的山口和沿路的風景，但我只想說下廚的事。你為此感到不悅。你別過頭，看著別處。妮可把一盤鋪滿新鮮小洋蔥片的蕃茄放到桌上。「這麼熱的天氣，今天就吃冷盤吧。」你打開一瓶夏天常喝的灰葡萄酒，毅然打斷正在炫耀豐功偉業的我，把手搭到路路的手臂上說：

「明天會有人來把爐子搬走，換上新的。」

路路沒有搭理，用和蓋比一樣的刀子切一片內臟腸，配著麵包吃。

「不能再用炭火了，那個柴爐太舊，燒不起來了。」老爸兀自說著。

「明明就還很好用。」路西安抗議。

你拍拍他的肩，說了句廣告台詞似的話：

「瓦斯很溫和也很方便的。不需要再從地窖裡搬一桶一桶的木炭了。」

妮可也幫腔：

「瓦斯比較乾淨，況且，你們也已經不是可以搬鉛彈桶的年紀了。」

路西安聽不進去，單手在大腿上捲了根菸草。微光中，打火機的火焰襯托出他削瘦的臉龐。我沒再提起波隆納肉醬麵和那隻母雞。我本來以為你會為我感到驕傲。看來是我自作多情了。對你來說，我是背著你在假期間下廚。這麼做比我在你眼前做壞事更糟。

5

路西安和老爸在阿爾及利亞學過一個字「mektoub」，命運。他們把這個原料加進所有的食譜裡，包括足球比賽的結果、鄰居的乳癌和季斯卡打贏總統大選，每件事都有mektoub的成份。但路西安不接受那個柴爐的命運，不願它被取代。他在騎上「小藍」前又重申了一次。路西安灌了不少龍膽酒，這種酒會讓你的喉嚨直到宿醉結束都還又乾又燥的。他又捲了一根菸才上路。他有點醉意，上車前，又去撫摸了一次即將退役的爐子。要是那個老舊的鑄鐵爐會說話，一定有說不盡的關於蘑菇雞肉酥盒、紅蔥腰肉和青蛙腿的故事，也會述說兩個男人因為燙傷而佈滿斑點的雙手、清晨在一鍋冷水下呼呼作響的爐火、蔬菜燉肉鍋裡冒出的泡沫、黃酒煮金山乳酪那令人沉醉的香氣、烤爐裡膨脹並轉為金黃的雞皮。這些故事路西安全知道。他成了爐灶的遺孤。

接近中午時，舊爐灶已經拆卸完成。大人們說：「這種爐子啊，現在沒有人在做了。」這座柴爐架好時，他們都還沒出生。老爸和蓋比先把牆壁清洗乾淨，準備重新上漆。路西安沒有出現。「他的化油器壞了。」他哥哥笑著說。所有人都知道路路只是不想親眼送走「他的」爐子。

我在後院生了火準備烤肉，滿頭大汗地砍著葡萄藤。你說這是最適合烤肉的木柴。「我想你都知道接下來要做什麼了，你現在是夏日廚師。」說完後你又轉回屋裡繼續廚房的工程。你對我微笑。看著你那老人脾氣，我竟然感到得意。我有幾塊和搗衣棒一樣粗的豬肩胛肉。我拿起沙拉籃使勁旋轉，讓水滴濺到牆上。我把蝦夷蔥剪碎。餐具也擺好了。至此一切完美。你、蓋比和其他工人都坐下來享受開胃餐點。你坐在看得到我的角落，享用著你的花生米和蓬塔利耶茴香酒，一點也沒有出手干涉的意思。我把肩胛肉放到烤肉架上，翻了翻沾黏在炭上的馬鈴薯。我聽見油脂滴在炭上發出的劈啪聲，才一翻面，火焰就竄了出來。我把肉片移開，再次翻動馬鈴薯，其中有些一面烤得焦黑，另一面卻又半生不熟。我尋找你的目光，但你卻在這時與鄰座聊起天。我把油醋倒入沙拉裡混合後放到桌上，打算趁著他們吃沙拉時爭取幾分鐘的時間。但你卻詢問大家沙拉是否要和烤肉一起吃。可想而知，餓得發慌的工人全要求食物滿盤。這下我真的無路可退了。這一切你都看在眼裡，卻不肯出手相助。烤肉外皮焦黑，內部卻還滲血；馬鈴薯要嘛黏了炭，要嘛沒熟。他們出於禮貌稱讚。你用刀尖戳著盤裡的食物，滿臉諷刺。「來來，給我們一大盤起司，把沙拉給清空。」我走進儲藏室，你尾隨在後。我覺得很丟臉。你搭著我的肩，對我說：「你知道嗎？廚房裡的事沒有百分之百的，今天也許很順手，另一天可能只因為心情不好就會差了點。我知道你盡力了。失敗為成功之母。記住，最重要的是穩定。」

工人焊接瓦斯管線時，路路總算出現了。他看著那場景，臉色從未如此蒼白。工人借給我一副護目鏡看他施工。他點燃焊槍，火焰燒著管子，就像藍色的羽毛在銅管上飛舞，接著他又拿出焊條完成接合。他說那是「brasure（焊料）」。我對某些詞彙的發音特別敏感，聽了就會覺得心情很好，比如「signer」指的是在肉上撒麵粉，或「cardinaliser」是用大火煎甲殼動物，讓牠變成橘紅色，還有「vanner」是攪拌醬汁，避免表面產生薄膜。你不屑使用攪拌機，形容它是「tarares（脫穀機）」時，我也覺得很有趣；找不到某樣東西，你會說那是「clé du champ de tir（靶場的鑰匙）」；我們都在廚房裡時，你也常說：「Ça s' attrape pas au moins ?（至少不會互相傳染吧？）」，在你的字典裡，「s' attraper」有好幾個意思，既指黏在鍋底，也可以是食材煮過頭、水滾得太急、可麗餅的麵糊裡有小顆粒……，對我來說，這個動詞是你最寶貴的遺產。

你、路西安、蓋比和我，我們四個站在廚房裡凝視新的爐子。你用教訓的口吻宣告：

「現在該操它一下了。」

蓋比大笑：

「說得好像是個女人或槍管，要搞掉她們的貞操。」

鑄爐的師傅在米白色的磁磚上烙下店名「百花驛站」。你裝了一鍋水，放到瓦斯爐上，立即臣服：

「真的熱得比較快。」

你打開烤箱，伸手搓磨著潔淨的鐵板。路西安保持安全距離，雙手在胸前交叉。你要他做一張甜派皮。我負責取出烏荊子李的核仁。我的手腳太慢，你不停碎碎念。

「你不覺得忘了什麼嗎？」路西安小聲對我說。

我看著切面朝上，擺得很完美的李子。「什麼？」

「模子底下要鋪粗麵粉，吸掉流出的汁。不然你的派會跟抹布一樣溼。」

我把派拿開，撒了一層粗麵粉，重新排好李子，蓋上一些紅糖。

你唱著不成調的喬治巴頌，還有那首〈送給奧弗涅（Chanson pour l'Auvergnat）〉。你有多開心，路西安就有多憂鬱。你要我去儲藏室裡找馬鈴薯。樓上的你們，關係變得緊張。我默默地等待暴風雨過境。你們就像一對老夫老妻為了電視頻道爭吵，可是只要其中一方去廁所太久，又會莫名擔心。你打開烤箱：

「把糖拿來，李子還要再上色。」

你拿出派時，李子確確實實烤成了亮褐色。

「看起來很像是曬傷了。」路路斗膽發言。

「你這下開心了，是瓦斯的錯！」

我覺得自己就跟他們一樣，已經是個男人了。並不是因為在夏令營宿舍中傳閱的《狂歡蕾斯邊》發皺的頁面上看了大大小小的陰唇和色情照片漫畫。是從你們那裡學來的姿態讓我感覺到成長。你分給每個人一片李子派和瓶裡剩下的哈斯圖葡萄酒。我一手握著鍋柄，一手拿酒杯。酒在李子的微酸後刺激味蕾，香氣滿溢。我有點熱，但因為你們把我當成廚房的夥伴，讓我充滿了力量。突然間，一陣刺痛穿透我的胸口：我多麼希望媽媽也在，多麼希望聽見她說「我親愛的男人」，也想聽你在遞上香檳後說「我的資產階級小婦人」。我學著你把馬鈴薯餅翻面。你轉向路西安：

「我說啊，你給我們做個歐姆蛋吧？用你採的蘑菇。」

話一說完，你一把抓起我的手。

「走。」

你拉著我到後院喝酒，朝著昏黃的天色吐了口煙，對我說：

「要給路路一點隱私，他正在適應那口爐子。」

你喝了口酒，陷入沉默。

路西安帶著他的歐姆蛋現身。

「餐桌咧！？該不會連擺餐具也是我的工作吧？」他笑著說。

你叫住他。

「朱利安，去拿長棍麵包和刀子來，我們要跟在北非一樣，把麵包切片，用手抓歐姆蛋來吃。路路，你還記得嗎？」

正在為我們倒酒的路西安點頭。我感覺到你鬆了口氣。路路和瓦斯爐會沒事的。

6

一個年輕的女子走到吧台邊。她是來推銷《宇宙大百科》的。妮可翻閱著那套紅皮書籍的其中一冊，一邊耐心地聽她解說。你從送餐窗口看到她們，便從廚房出來，請那位女士坐下說明。你翻著書，不忘點頭，在讀到斯巴達人會喝加醋的豬血湯時不禁露出驚異的表情。當時的我早就一頭栽進宇宙大百科裡了，時不時抬頭觀察你們的互動。她跟你要了根菸，稻黃色的頭髮剪得很短。你問她挨家挨戶推銷書籍是不是不容易。她說大多數人都很和氣，但購買率很低。你看著我說：「你覺得怎麼樣？這宇宙大百科。」我沒有抬頭，只應了聲：「不錯。」你說：「成交。」對方似乎鬆了口氣：「真的嗎？你要跟我買這個百科全書？」

她似乎需要說話的對象。她想繼續念書。百科全書的收入是她的生活費和寶寶的養育費。那個年代，人們稱這種人為「年輕媽媽」。孩子的爸爸是個無賴，給了全世界的承諾，卻在無利可圖後消失無蹤。她拿出小女孩的相片。你笑了。時間到了，她該去外婆家接寶寶了。你拉下鐵門，為這一天畫下句點。

我從沒看過你和媽媽以外的女人相處。她的離開，似乎也帶走了你對女人的興趣，就像熄掉了一盞燈。有一次，妮可對你說：「你應該找個好人。對小孩也好。」你嘟噥著說「不」，沒有討論的餘地。我想我也喜歡現在的樣子。

那天夜裡，路西安在回家的路上壓到薄冰打滑了。右腿扭傷，傷勢不輕，必須休息一個星期。你到處打聽能否雇個臨時工。我向灶神祈禱，希望你別找到任何人，因為我知道自己已經可以接手路路的工作了。最後，你還是沒有找到人。隔天是星期天，但不能到河邊吃烤雞了，我們倆得留在廚房裡準備接下來幾天的餐點。

你盤點了儲藏室裡的食材，在流理台上潦草地寫下菜單。我們從紅蘿蔔燉牛肉下手，這種料理是可以自己在爐子的一角獨自呻吟一整天的。這種燉煮的料理，讓我學會如何尊重並安排時間。我問你是否要在紅蘿蔔牛肉裡加入高湯、調味湯汁或肉汁。你不耐煩地回應：「牛肉和紅蘿蔔就好，菜名的字面上就說得很清楚。」

那只黑色的鑄鐵鍋是燉食物的首選。你讓我把肉塊、洋蔥或紅蔥稍微翻炒過後，加入切成斜片的紅蘿蔔、月桂葉和百里香，蓋上鍋蓋後燉煮。我驚訝地說：

「就這樣？」

「美麗的女人不需要過多的胭脂水粉。」你回答。

我提起妮可的濃妝。你嘆了口氣，笑著說：

「因為她以為妝越濃，越能留住她的男人。」

儲藏室裡還有個你極其小心呵護的寶貝。只有你才能打開那個重要的陶罐，裡頭裝的是會為鹽漬豬五花燉扁豆帶來絕佳風味的醃製豬雜。你剛從裡面取了肩肉和豬肘，用水沖掉多餘的鹽。你出生在一個需要靠自給自足才能生存下來的年代。你把這種醃製的味道傳承給了我。我刷過好幾桶小黃瓜，並為它們加入鹽和醋；也為好幾車用來做醬汁的蕃茄去過籽；拿過夾子為櫻桃去核，然後泡進生命之水 23，變成唇齒留

23 Eau de vie，酒精濃度很高的蒸餾酒。

香的美味。你教我如何把雞油菌和黑喇叭菌菇放在繩子上曬乾，把季節留在餐盤上。

我把兩個丁香插進洋蔥裡，和一束綜合香草枝一起放入一鍋冷水，豬肩和豬肘會在裡面燉煮一個半小時。這段時間就用來準備扁豆。

「你在水裡加鹽巴了？」

「對啊。」

你嘆了口氣：

「你忘了豆類要煮好後再加鹽嗎？否則豆子會太硬。」

你要我把洋蔥和紅蘿蔔煎熟。「把鹽漬肉和扁豆放進去，然後倒一點肉汁。別加太快，要不然會太水。好，再加一點……停，這樣就好。」我從你身上學會如何節省力氣。削檸檬皮時不過份用力，輕巧地取得皮屑，再擠出汁。你告訴我你和路西安在阿爾及利亞休假時會吃檸檬冰沙的事，還有你大啖錦葵歐姆蛋的事。錦葵是一種會在斜坡上或牧場裡開花的植物。

你從烤箱裡拿出檸檬派，再把蘋果派放進去，然後打開紅蘿蔔牛肉的鍋蓋，把你的刀子插入一塊肩胛肉裡測試。「熟了，我明天再加熱就好。」

那一整個星期我都在六點起床，先幫你把馬鈴薯皮削好，再去國中上課。晚上我會迅速解決作業，然後趕緊把焗烤通心粉和馬鈴薯放進烤箱。一個星期後，路西安回來時對我說：「聽說你做了很多事。」你什麼也沒說。你是個嘴裡吐不出好話的人，總要別人代勞。但這樣就足以讓我安心了。就這麼決定了，我要念高職的餐飲專科。但學校裡輔導升學的老師並不支持這項決定。她認為我的成績還算不錯，應該至少要拿到普通高中的文憑，在她看來，這麼做才能為我開啟更多扇門，包括餐旅學校。當時，人們普遍認為廚師這個職業是條死胡同。但我很堅持，三十公里外就有一間名聲不錯的餐飲高職，我可以每天搭火車通勤。「家長日的時候再跟你父親談談。」

從在營隊裡煮飯的那個夏天起，我就和你達成協議：我必須完成作業，並且得到令人滿意的成績才能碰鍋子。有幾個晚上，我會和你一起待在廚房念書，特別是餐廳忙碌的時候。星期天去河邊時，我也會帶上一本書。這一切都是為了讓你相信我是個認真的學生。坦白說，自從你送我那套宇宙大百科後，我就開始用力啃書。我在流理台上閱讀時，你常問我：「這一頁在講什麼？」「西班牙內戰。」我讀馬爾羅的《希望（L' Espoir）》。國文老師要求很高。我一直都對戰爭的故事很著迷。後來，甚至讀了瓦西里・格羅斯曼的《生活和命運（Vie et Destin）》和鐸赫捷烈（Roland Dorgelès）的《木十字（Les Croix de bois）》。但我對數學較沒興趣，只要能寫出算式或畫幾個我不是很懂的幾何圖案就能滿足。

有一天，一個推銷員上門，口沫橫飛地強調冷凍薯條能為你省下不少時間。你看他的眼神彷彿他是個外星人：「對我來說，薯條就是馬鈴薯、刀子、油、油炸鍋和鹽巴。結束。」推銷員有點尷尬，卻也承認：「像您這樣的人啊，越來越少了。」你大笑。你看他的眼神，就像他是集市裡叫賣的販子。

這天晚上餐廳沒有營業，因為我們要去學校的家長日會談。你在廚房裡刮鬍子，你現在已經不用樓上的浴室了。你在顧客的廁所旁安置了淋浴間，但更多時候你只會在洗臉台旁清一清臉而已。你答應教我刮鬍子。但目前我只有幾顆長在下巴和眉間的青春痘。你用毛刷在一個碗裡拌肥皂泡，很像是在打發蛋白。我喜歡把你的刮鬍刀放在手裡，你照顧那把刀子的方式就跟呵護你的廚師刀一樣。你刮鬍子的動作輕巧又精準，中間穿插著清洗刀片時敲打在洗手台上的聲響。我喜歡看你沉著的模樣，你輕鬆自在地刮鬍子，背景裡的收音機大聲宣讀著新聞。看你裸著上半身，站在掛在層架上的鏡子前，我覺得再沒有什麼意外會降臨在我們身上了。你是我的老爸，你是戰士，是百花驛站的長官，是萬能的父親。你要我靠近一點。「轉過去。」你在我的脖子上塗了肥皂，我感覺到刮鬍刀俐落地滑過我的皮膚。我喜歡泡沫和金屬的觸感。「好了，我幫你刮了三根毛和一些應該刮掉的雜髮。」我請求你讓我用刷毛和刮鬍刀清我的臉。你又重申一次：「還早。」路西安現在允許我騎他的機踏車去買麵包了。

你穿了一件白色的襯衫，妮可稍早已為你熨燙過了。我們走路去學校。你停在半路，點了根菸。

「所以你要選什麼專業？」

我等這個問題等了好久，它一直像個燙手山芋般在我的手心裡翻轉，讓我不知所措……我決定讓答案越簡單越好。

「我想當廚師。」

你手上的打火機像是燃燒了一世紀，我看到你雙眉緊蹙。你轉向我時，有如一隻悲傷的野獸。

「兒子，別幹這行。」

你執著地抽著菸。

「為什麼？我做得不好嗎？」

「不是這樣的。」

「那是怎樣？」

「我是被迫靠雙手吃飯的，而你，你有機會學其他東西。」

「可是我跟你學。」

你嘆了口氣。

「對，可是都不是書裡的東西。」

我們的腳步聲在石板路上迴盪。天有點冷，我把雙手插進褲管的口袋裡。你抓住我的肩膀。

「你知道嗎？我剛開始當麵包店學徒的時候還是個小不點，一不小心就會跌進攪拌機裡。因為搬麵粉，我弄傷了背。還曾被高溫的木炭燙傷。所以，你啊，你要待在學校裡，越久越好。這樣才不會被滾進工廠的生產鏈裡，或是在工地搬運水泥袋。選一個有前途的職業。」

「廚師就是個好職業啊。」

「不，小子，你是因為踩在我和路路的腳步上，才有這樣的幻想。去看看別的工作吧。餐廳裡只有打罵喧鬧，學徒啜著水和血的時候，客人在吧台上灌酒。而且，當廚師就沒有生活，你得從早上七點站到半夜。就算你是個成功的廚師，還是會一直因為餐廳可能空盪、服務可能亂了套，或是腰子或白醬燉肉的味道可能不太對而感到焦慮。」

「可是我喜歡下廚。」

「不要把它當作一種職業，它會消耗掉你所有的精力。選一個有用的職業。」

「那你告訴我什麼是有用的職業？」

他一邊走一邊伸出手指盤點。

「會計、工業設計、工程師、醫生、鐵路員工、老師。公務員，對，這個不錯，是個鐵飯碗，而且不會像在私人企業那麼彆。」

「可是蓋比說我們應該做想做的事，公務員都是傀儡。」

「蓋比什麼都不管，因為他看過戰爭。他知道早上起床時不確定自己中午是生是死的感覺。」

「你也是啊，你也打過仗。」

「我打的不是我的戰爭。我不是為了光復自己的國家而戰。好了，我們聊別的吧。」

我們到學校門口時，我的導師正好也到了。老爸笨拙地握了她的手後說：「我是朱利安的爸爸。」好像他不這麼說就不是了似的。

7

數不清是第幾次了，我在描圖紙上用墨水畫出線條。我必須畫出一個小引擎的機殼。我先用自動鉛筆畫了草圖，但因為搞不清楚透視的角度，更多時候是用橡皮擦在大面積擦拭。筆漏水了。因為用刀片刮掉墨跡時太過用力，我把描圖紙扯破了。重新來過讓我覺得更加煩躁，因為我對工業設計和機械製造一點興趣也沒有，卻要花掉一整天的時間做這些事。班上同學在我的藍色工作衫背上畫了一隻德魯比㉔，正好映照了我高中第一年面對數學和工程學科的心境。我之所以選擇登上這艘佇立在都更區

㉔ Droopy，又叫肚皮狗，美國動畫角色。

的水泥爛船，只為了一個荒謬的原因：我以為這麼做就能阻止父親強迫我繼續升學，然後我就可以朝廚師之路邁進。但每天來這個爛地方簡直就是惡夢，我把腳踏車停在體育館附近，看著那棟工作室的玻璃帷幕，心裡只生出一個想法：撐下去。

回想那段時間，只要一彈指就能聞到一種正在加工的熔鐵味。我進到衣物間，打開鐵櫃，脫下外套，罩上工作衫，拿起扳手和卡尺，還有擦拭布和銼刀。可是銼刀不能大搖大擺地亮出來，因為我們是泰勒之子㉕。老師成天承諾會引導我們走向美好的未來，可能是高級技師，甚至是到位於索紹市的寶獅廠房擔任工程師。我們的工作不是磨出單一的產品，而是仔細照看自動化的機器大量生產。過去由受過專業訓練的工人控管的產品，如今都被一種二元裝置取代：綠燈亮起，表示產品的規格正常；紅燈亮起，代表產品尺寸不符。「就連不識字的布紐樂都看得懂那些顏色。」一個老師大言不慚。布紐樂不能拿銼刀。我們也是。要是我們被抓到使用銼刀，馬上就會受罰，得用鋸弓去切一截鐵軌，這個任務就和要用小湯匙舀光海水一樣。耗時費力。

後來，我跟鋸弓成了好朋友，原因是我不屑成為白領階級的一員，刻薄地對待生

㉕ 泰勒指的是科學管理學之父 Frederick Winslow Taylor，科學管理學也被稱為泰勒學。

產線上的工人。我用盡全力表現我的無能和笨拙。要做到這件事並不難，只要踩上工作間的灰色磁磚，我就會雙腿發軟。我特別討厭操作車床，這種機械工具整我的頻率比它真正為金屬整型的頻率還高。我把物件放到心軸上時，就像個要把牲畜趕到屠宰場的牧人。看著削下的薄屑在為金屬降溫的油裡翻轉捲曲，我甚至沒辦法出神發呆。我覺得整個人被掏空，像個白痴，同時也氣自己為什麼在這裡而不是在餐飲學校的爐子前。我可以站在紅酒燉牛肉前好幾個小時，想像老爸會怎麼調整變化這道料理，可是幫一個不銹鋼汽缸鑽孔時，我只會陷入昏黑的深淵。

總而言之，我不加工，只搞破壞。入學幾天內，我就臭名遠播了。我和車床老師之間建立起一種默契。曾經當過鋼鐵工人的他，在補校自修成為教師。和其他只以機械工程成果論斷，並且建議我到校門口修草皮的老師不同，他明白我不過是切換錯誤而已，就像在銑床和牛頭鉋床之間選錯了工具。每回他看我陷入困境，就會趕來調整機器，以免我又破壞它們。無論我做了什麼事，他都會給我正好及格的分數，不把我逼入絕境。我偶爾會看到他在辦公室裡看書。他跟我談貝納・克拉維，他說這是一位「鄉土作家」，他很喜歡。他借給我《別人的房子（La Maison des autres）》，這本書的故事就發生在我們這裡，主角是一位麵包師傅。我念了幾段給老爸聽，他說：「沒錯，麵包店的工作就是這樣。」那位老師和我之間有個默契。每天課程結束後，他會給我一支掃把，裝出傲慢的口氣指使我：「好了，碎屑王，該工作了。」儘管已到放學時間，我還是期待把灰塵掃成堆，同學們看到我大力揮舞掃把都在一旁嘻笑。

班上的同學都是留著長髮和大鬍子的青少年，經常嘶吼范・海倫樂團和天使樂團（Ange）的歌曲，手裡則胡亂捲菸。我們會在喝過啤酒或茴香酒後，騎著摩托著在彎道上壓車；也會偷藏學校食堂的馬鈴薯泥槽鏍絲，讓它無法正常運作。我們會拿小鋼彈，假裝參加抗議活動。我們是擅長銑床、積分或其他科目的同學間最厲害、最團結的組合。所有的術科我都墊底，科學的課也是載浮載沉，但國文、哲學和歷史課卻表現得很出色。我們組成一個完美的交易市場：我用作文和評論，換取水泵和齒輪列的繪製圖。

而你，待在廚房裡的你，看著我從高中回來，彷彿看到我手裡已經捧著工藝與藝術高等教育文憑。我不想對你坦白。一離開學校的工作間，我就迫不及待擺脫那該死的金屬味。我使勁用肥皂搓淨每根手指，磨砂把指節磨得通紅，也清掉了油污。我喜歡這麼做，感覺自己和你一樣也是個靠雙手討生活的人。這裡沒有車床或銑床，不，只有一個清潔雙手的勞工，如同你用繫在圍裙上的擦拭布一角抹去手上污漬。我想當一個餐飲界的無產工人，一個爐灶旁的藍領階級。跟蓋比一起修剪山毛櫸時，我曾對他提起這件心事。他的反應是：「這句話雖然不該由我來說，但是，你記得千萬不要跟你爸說。他會氣到中風。」

所以，要是在打發蛋白時想著我或將成為廠房工頭能讓你開心，那就這麼想吧。我說服自己，這場誤會將在我拿到高中文憑後畫下句點。在那天之前，我會好好留在製圖桌前。每晚，我都從最不想面對的開始，解決圓柱與圓錐中心軸的交點，最後才品嚐《情感教育（Education sentimentale）》的蜜汁。我們的國文老師是個矮小的女士，竟成功地讓一群重金屬少年愛上福婁拜和魏倫爾[26]，讓一群騎著 Honda 125 XLS 在肉市街的階梯上表演特技的野獸嚮往與桑德拉爾[27]和韓波[28]一起冒險，讓他們拿出在工

[26] 保羅．魏倫爾（Paul Verlaine），法國象徵主義詩人。
[27] 布萊斯．桑德拉爾（Blaise Cendrars），瑞士裔法國詩人，熱愛探險，也創作小說。
[28] 亞瑟．韓波（Arthur Rimbaud），法國象徵主義詩人。

作室裡校正儀器的那種細心來組合文字，並且樂在其中。

星期六中午，我總算可以脫下藍色的工作衫，換上廚房圍裙。我那雙在製圖桌上和機械工具前總是顯得笨拙的手，也終於回到了它們的安身之所。你和路路烤橫膈膜，我幫忙做薯條。但我還有一項更重要的工作，就是為下個星期準備鄉村風味的醬糜。每個星期六，我都會用豬五花、豬咽喉肉、雞肝、蛋和洋蔥做一份新的醬糜。我用秤子秤肉讓你感到不悅。「天啊，我以為學技工的人眼裡都有把尺。」

你那台絞肉機大概是我唯一能接受的機械工具。每個星期六清洗過後，我會為它塗上一層花生油，再用擦拭布包好。擦拭布上的油脂、洋蔥和香料的味道總是令我沉醉。放到流理台上後，我會確認手把已擺放好。我允諾自己總有一天會用墨水描繪出一個可以應付所有情況的鑄鐵爐。對我來說，學習鑄造砂模比用那些見鬼的機械工具鑄型有趣得多。

我把肉切成條狀時，你用眼角餘光偷偷打量。「可以再切大一點，不然切一個下午也切不完。」我把肉和洋蔥都放進絞肉機裡，再和蛋、鹽、胡椒和四香料㉙一起

㉙ 傳統四香料（quatre-épices）通常指丁香、肉桂、薑粉和肉豆蔻。

拌勻。我喜歡揉拌生食，雙手沾滿蛋黃和碎肉的感覺；喜歡肉餡絲絨般的觸感，以及切開的洋蔥辛辣的氣味。我會一再試吃，加一撮鹽，再轉幾下胡椒研磨罐。我朝你使了個眼色，你也回以一個眼神：「那是你的醬糜，你自己決定怎麼做。」我在一個深褐色的陶盆裡鋪上一大付豬網油（一層將覆蓋醬糜的白色脂肪薄膜）。放進烤箱時，你檢查了底盤上用來隔水加熱的水是否足夠。

今天我做了同學要求的貝奈特餅㉚去參加第一次的週六狂歡。你答應讓我待到午夜。你把流理台上會妨礙工作的物品清掉，然後灑上麵粉。你擀開的麵團鋪成一片米白色的毯子。你停下動作，大聲叫嚷：「輪刀去哪裡了？」路西安四處翻找。他拿出了一堆叉子和湯匙，就是沒找到輪刀。直到你要我把一個倒置的陶罐翻開，取出雜七雜八的打蛋器、湯勺和各種形狀的湯匙後，才看到一個巨大的鋸齒輪刀和它的木製把柄躺在凌亂的工具之間。你用輪刀切出各種四方形、三角形和圓形的麵餅，丟一小塊到滾燙的油裡。麵餅炸成了金黃色，我接手切麵，你繼續油炸。

我抱著一盆用布裹著的貝奈特餅，走在舊城區的路上。夜裡的空氣乾冷，飄著

㉚ 法式炸餅，類似甜甜圈和炸麻花。

壁爐燒柴的味道。我爬上一條陡坡，音樂聲逐漸放大。陡坡的盡頭掛著馬肉舖那顆嚇人的馬頭。你從不做馬肉料理，你說馬進屠宰場時的眼神很像人類。我聽到前方傳來〈非洲雷鬼（African Reggae）〉中妮娜．哈根的氣音。我走下幾個台階，打開一扇沉重的門，切碎舞者動作的閃爍霓虹燈射得我睜不開眼。成群的人在迷濛的地下室裡穿梭。空氣裡有霉味、菸味和廣藿香的味道。我呆立在階梯的最後一階，手裡還抱著貝奈特餅。一隻手伸了過來，把我拉到其他同學身邊。他們圍著裝滿啤酒罐的桶子，其中一位用打火機開了一瓶啤酒遞給我。旁邊那位的則是用牙齒撬開瓶蓋後一口飲盡。我彷彿置身於從都更區降落到舊城精緻高級糖盒中的阿帕契人之中。那一整團重金屬印地安人都是先浸過茴香酒才過來的。他們穿著從美國商店買來的破爛布夾克，打量身著 Chevignon 皮衣的女孩，嘴裡咬著貝奈特餅，還不忘嘲笑我沾了糖粉的短呢外套，順便評價那些從普通高中來的「豬公」和「妓女」。

其中一個阿帕契人決定出擊，對著我下達命令：「給他們吃你的炸甜餅。」說罷，便伸手拿了一個給正在一旁獨舞的褐髮女孩。女孩驚訝的反應像在接收一隻熊遞來的蜂蜜罐。吃了一口後，她微笑。大方的重金屬男孩靠著這招與嬌嬌女們打成一片。今晚，他們暫且放下了階級鬥爭。大夥隨著深紫樂團的〈Smoke on the Water〉狂歡起舞，在齊柏林飛船的〈Stairway to Heaven〉樂音中逐漸熟稔，直到老鷹合唱團的〈Hotel California〉響起時，他們已緊摟住彼此。

我坐在階梯上，身旁的灰熊正說著他第一次失戀的故事，手裡的茴香酒像卡士達醬一樣濃稠。他給自己捲了一根潮溼的大麻，花了很大力氣還是吸不出東西。他說雖然我是班上的笑話，但他「很喜歡」我。鐘聲響起，我猜是晚上十一點了。我盤算著，再一個小時，我就會睡倒在床上，到那時，我會喝掉三罐啤酒，衝破喇叭的音樂會震得我整晚耳鳴。我的心思全繫在我做的醬糜上。睡覺前，我也許會先進廚房切一塊來嚐嚐。這時一團被燈光照得五彩繽紛的獅子鬃毛晃到我眼前。鬃毛在一對祖母綠的眼珠上笑開了。她叫柯琳，是灰熊的姐姐。她溫柔地伸手撫摸已經抱著雙膝睡著的弟弟蓬鬆的頭髮。她說灰熊提過我，我的作文，還有我帶到數學課上的松露巧克力。我聽得臉紅。史汀唱著：「我會向全世界求救。」她想邀我跳舞。我含糊地說：「我不會。」她回答：「沒關係，我教你。」這句話像一生的承諾。我當時十七歲，但我很肯定，她是我命中注定的女人。

我朝鐘樓看了一眼，再二十分鐘就是午夜了。我們並肩坐在菜市場的遮雨篷下。她不是真的牽了我的手，只是緩緩地把手指伸入我的指縫間。我不敢亂動，劇烈的心跳幾乎震斷了肋骨。我想她知道，這是我的初體驗。她吹開了遮住額頭的幾根頭髮，逐漸靠近我。我從來沒親過女生。她主動出擊。她的雙唇和我的貝奈特餅一樣甜。我幾乎飛到了鐘樓之上。我不敢睜開雙眼。午夜鐘聲響起。她用力發動機車，並對我說：「明天，下午三點，河邊。」

走進廚房時，老爸正在擦亮爐灶。他用粉筆在磁磚地板上畫了一條直線。「閉上眼睛，一直走到牆那裡。」我像個走鋼索的演員般毫無偏差地向前。老爸這才叫住我：「可以了，你沒醉。」

8

柯琳無法諒解我每個星期六都把時間花在廚房和高中同學身上。她受不了坐在舊皮椅上無止盡地討論摩托車、賴希[31]和法蘭克．札帕[32]。她握緊我放在桌底下的手，意思是「該走了」。離開前，死黨們對我眨了眼。我騎上腳踏車，手搭在柯琳肩上，好讓她的機車拖著我走。她住在一棟豪華的別墅裡。我不願意穿過大門走進她的房間，不是因為怕她的父母發現我在他們女兒房裡時會把我轟走（事實上他們也很少

[31] Wilhelm Reich，美國心理學家。

[32] Frank Zappa，美國音樂人，風格多變，天才型歌手。

現身），而是因為我喜歡假裝自己是隻爬水管的貓，盪上樑柱，經過與她房間窗戶相連的小農舍屋頂。我對她床頭牆上那張由大衛．漢密爾頓拍攝的相片瞭若指掌。柯琳就跟她棉被上的薰衣草味一樣，令人感到安心、溫暖。那個味道，是她的家庭帶來的一種對我而言很陌生的安全感。我的家裡也有我爸、妮可和路西安愛我，只不過他們散發的是食物、菸草和茴香酒的氣味。

柯琳按掉我肩膀後的鬧鐘。她輕聲地抱怨著我又得在清晨五點回家。每個週末她都試圖說服我留下，兩人一起賴床、一起寫作業，她的父母也會很歡迎我和他們一起用餐。可是我無法想像在週日讓你在散發酒精和焦煤味的廚房裡，獨自面對鐘擺的嘀答聲。那沉重的寂靜還會因為冰箱運轉的隆隆聲變得更難以負荷。

這天晚上，柯琳沒有來巴爾托酒吧。我打了電話，但她家裡沒有人接。上個星期，我們吵了一架，她說我的頭髮聞起來有油煙味。我告訴她炸薯條不是見不得人的事，機械的油耗味遠比油煙味糟。她又說我太敏感，這麼說只是為了我好。她親了我，承諾就算我身上帶著貓尿味，她也會愛我。但我的思緒已經走遠了。人們嘴上講的是我的頭髮，實際上攻擊的卻是你。擁有一個會小心呵護爐灶，也會一再要求我唸出宇宙大百科內容的無產階級父親，我感到很驕傲。我喜歡看著你和路路一起製作蘑菇雞肉酥盒，也欽佩你清空母雞肚腹，並把牠們捆好烹調時那靈巧的動作。要怎麼跟住在高級住宅區、只看得到你把手指伸進雞屁股的女孩解釋這些事？怎麼讓她明白你用砂鍋做出的公雞肉冠、腰子和野生蕈菇對我來說就是最美的靜物畫？怎麼要她感受每年春天品嚐搭配上焦化奶油㉝和巴西里醬的青蛙時的滿足？怎麼讓她欣賞烤野味和紅酒燉兔肉的香氣？

我十八歲，美麗的愛情破碎了。我騎上 Honda XT 500，朝第戎奔去。雨水潑在安全帽上，我溼得像碗湯，把大腿貼在四行程的大摩托車上取暖。橙黃的車燈劃破黑夜，照亮前方路牌：第戎，三十公里。我要去第戎。我知道媽媽在那裡展開了新的生活。我常有這個念頭，騎上摩托車，回到她身邊。就是今天，我準備好了。我總算有勇氣承認：我好想她。

我在一個上坡的彎道催了油門，燃燒五臟六腑，稍早在巴爾托連續灌下的皮貢啤酒沖昏了我的頭。

㉝ Beurre noisette，也稱為榛果奶油，把奶油煮到起泡，呈現金黃色並散發榛果香氣。

我向一個阿帕契同學「借了」摩托車。我沒有駕照，只有足以讓我昏倒在龍頭上的酒精濃度。一路上，我只看見公路服務站在黑夜裡閃爍的霓虹燈，最後在一個燈光刺眼的停車場上停了下來。一個德國卡車司機正在拉上駕駛座的窗簾，而後也熄了車內照明燈。我踏在濕漉漉的石板上發出尖銳的摩擦聲。我好冷。

我走進休息站，牛仔褲口袋裡的零錢只夠買一大杯咖啡，讓自己看起來沒那麼醉。櫃台上堆滿了用過的碗盤。店內只有老闆一人，看來脾氣不好。他收下我的錢。懸掛在吧台一角的電視裡正播放著動物記錄片，我試著凝聚注意力。那一刻，我知道自己到不了第戎了。

我立起你的羊毛氈外套領子。我現在已經不穿原本的短呢外套了。我用面紙擦拭摩托車座墊，用力踩發。再抬起頭時，一支手電筒照亮了我。兩名憲警站在我面前。他們看來沒有敵意，只是站在雨中顯得有點疲憊。我從不相信自己遇上警察會有什麼好事。我身上沒有任何摩托車的證件，既沒有行車執照，也沒有保險憑證，畢竟車子是朋友的。而我自己也沒有身份證。他們要求我坐上警用廂型車。因為不想處在被動的位置，我開口承認：「是的，我喝酒了，但沒有喝很多。」只是足夠讓酒測儀變色而已。

憲警隊的辦公室裡充斥著覆寫紙的墨水味。開始打字前，其中一名憲警就先道德訓話，指責十八歲的我竟做出八歲小孩的行為。當他要我提供老爸的電話號碼時，我的淚水瞬間潰堤。我支支吾吾地道出你獨自撫養我，已經有太多煩惱。憲警向後躺上椅背。「你還是得在這裡待幾個小時，酒醒前不能回去。」

醒酒室裡有個木製的床架和一個蹲廁，沖水裝置在室外。暖氣吹出令人窒息的熱風，加重了排泄物和嘔吐物的味道。我必須抽掉鞋帶和皮帶。我躺了下來，面向牆壁。這個時間我本應在柯琳的懷抱裡溫存的，但現在我只想把全世界都鬧翻。並不是因為年少氣盛，而是一股怒氣，直到今日，每當我灌下整罐傑克丹尼或踩下油門在超車道上疾駛時，這股怒氣依然能夠將我吞噬。我想向世界呼喊出這永遠伴隨著我的孤獨。我唱著盧．里德的〈Lady Day〉睡著了。

你站在憲警隊的停車場上。是摩托車主人的父母通知你的。我已經準備好要迎接一記將銘記一生的巴掌。會帶來無法抹滅的傷痕的那種。你背靠著車，打量著我，我從沒感覺過你的藍色眼珠是如此醒目，籠罩著嚴厲與悲傷。我等著你將交叉在胸前的雙臂鬆開然後狠狠地教訓我。我想看到你的怒氣，想聽你罵我，聽你說幾句髒話，想要你打我。什麼都好，就是不要沉默不語，不要那張自從媽媽離去後就一直壓在你身上、掩飾你所有情緒的外皮。我受不了你老是穿著喪服，受不了你睡在爐灶旁，以及如聖殿騎士般的正經。我不想再看到堅強的父親對孩子的關切，也不要你和我之間沒有任何情感的互動，以及持續空轉的各種生活儀式。我要你摔盤子、釋放爐灶裡的大火，要你和路西安，你的患難兄弟，一起醉死在廚房的磁磚地板上。我希望你鬆手，停止在一片虛無中等待厄運降臨。老爸，你的戰爭已經結束了。你大可給我一個難忘的教訓，要是能讓你開心，打斷我一顆牙也可以。揍我、往我臉上吐口水，不管怎樣，你他媽的，說點什麼都好，就是別跟往常一樣，把所有事情都藏到地毯底下，當作沒發生過。我要你給我一記永生難忘的巴掌。

你從頭到腳打量了我，彷彿我是個陌生人。這次，我真的變成孤兒了。你伸手指示我上車。你像個會開車的機器人，開到格宏路上的花店前停下，遞給我一張五十法郎的鈔票：「告訴他們跟平常一樣就可以了。」花店老闆見我走去，對你使了個疑惑的眼神。她綁了一束白玫瑰加上幾枝綠葉。我抓著花束。你開車。一路上我們依舊沉默。我們開上一條熟悉的路，我前往競技摩托車場地和同學見面時都會經過。公墓就座落在坡道之下。兩棵柏樹立在入口，任由料峭的風撲打。自我有記憶以來，這裡總是吹著北風。兩條十字交叉的小徑穿過整座墓園。你走在前面，背脊直挺。我用雙臂為玫瑰擋風。我們走到一小塊綠地前，上面插著黑色的十字架和乾枯的花朵。綠地旁邊是幾個孩子的墳。我吸了一口新鮮空氣，宿醉和激動的情緒讓我頭昏腦漲。我在墓穴間蹣跚徘徊，撫弄黃楊樹叢。而你佇立不動。

眼前是一塊帶紅色紋路的大理石板。我順著石板向上，看到上面寫了一個女人的名字和兩個日期，其中一個是我的生日。我望著閃閃發亮的金色字母和數字出了神。你低聲對我說：「這是你媽，給你生命的人。生你的時候死了。」

你擺好玫瑰，牽起我的手跪了下來。接著，你拿出一把刀修掉花的莖尾，放進一個裝滿雨水的花瓶裡，在墳前的礫石間挖了一個洞放入花瓶。你彎下腰，在石板上親了一下。我的淚水在眼裡打轉。你扣住我的肩。

「我在當學徒的時候認識了你媽媽……你的生母。她是麵包店的店員。我們背景相近，都是沒有家庭的人。她在教會裡長大，我則是被丟在一個農場裡，農場的男主人和女主人是我的『叔叔』和『阿姨』。愛情來得很快，兩個生性孤僻多疑的人互相學著如何去愛對方。放假的時候，我們會去每個星期天我帶你去的那個地方。可是我們必須低調，因為我們的老闆很嚴謹，絕不能讓他知道他的學徒跟店員上床。否則，她會馬上被送回修女那裡，而我也一定會被開除。當時只有老師傅知道我們的事。他借給我們教堂附近的小公寓，把鑰匙交到我手上的時候，他說：『年輕人，去吧，有些事錯過就沒機會了。』我被徵召到阿爾及利亞時，我們決定回來就要結婚。我們想要孩子，可是你來得比我們預期得還早。我回國的時候，你正好要出生。」

「她為什麼死掉？」

「據說是失血過多。」

「那我為什麼沒死？」

「他們盡力搶救你們兩個，可是沒救活她。」

「母死子活，這也是mektoub(命運）嗎？」

你吞下口水，用刀子在礫石上畫出一個十字。我忍無可忍。

「真是夠了。滿嘴謊言……和路西安一起發現百花驛站的事也是吧？騙子。」

「是你媽發現的。我很排斥做生意，面對顧客、貸款……都不行。她不一樣，她很……很有活力。」

「為什麼之前不跟我說實話？」

你嘆了口氣，在口袋裡翻找香菸。你點了菸，嘟噥著吐出幾個字，至今我仍然覺得難以致信：「原諒我。」

我繞著墓走了一圈，當下只有一個念頭，想把 XT 500 催到底，往路肩撞去。你看起來好可悲，佝僂、瘦小、衰老。

「那我的……海倫呢？」

「海倫。」

你深吸一口氣。「海倫就是海倫。」

「至少她沒死吧？」

「沒有。」

3

1

「我爸跟你提過我的生母嗎?」

蓋比似乎對我的問題一點也不驚訝。

「從來沒有。」

「那海倫呢?你認識她嗎?」

「不熟。你也知道,你爸心裡只有工作、工作。要見到他們,或見到你們三人一起的機會很少。」

蓋比撫平捲菸紙,斜眼看了我,像是在說:「小子,來吧,多問一點。」

「海倫是怎樣的人？」

「漂亮，非常漂亮。很有個性。而且很愛你爸。」

「那我呢？」

蓋比停頓了一下，思考該怎麼回答：

「你就像她的孩子。」

「那她為什麼要走？」

「除了你爸以外，沒有人知道。」

「他為什麼都不說？」

「因為男人不會多說什麼。總而言之，我只知道一件事，就是她離開前對你爸說：『你再也不會聽到任何關於我的事了』。」

我跳了起來，一頭撞向橡樹，再把指甲插入樹皮直到滲血。我回頭取刀，想如斬雞爪一般一刀劃開手掌。我想起墓碑大理石上的玫瑰，想起叫醒海倫媽媽時，她的頭髮撫過我的臉龐，想起老爸在夜深人靜時清洗廚房後的疲態。我想死。蓋比搶過我的刀子。我又拾起一顆燧石往眉心砸。血流了下來。我看見紅色的、暗沉的液體流到唇上。蓋比抓住我的雙腿，把我壓倒在地。他見過著火的人從坦克履帶下爬出；見過抱著被霰彈撕扯開的肚子張嘴失聲的屍體；見過已經過數日寒凍，包裹在硬如紙板的迷彩服下變成黃色、灰色的死人；見過雪地上各種顏色的血，大紅、黑色、石榴紅；見過槍托和綁腿。他讓我把頭靠在他的肩上，拿出手帕擦掉我額頭上的血。我在流淚。他用手包覆住我的手，我能感覺到他掌心的熱度與溫柔。

「小子，你為什麼還要懲罰自己？不覺得已經受夠了嗎？」

我聳肩。

「你不笨。也不呆。只是學不好電子學而已。」

他輕笑。

「很快就要高中會考了。未來就在你眼前。相信我，生命短暫，不要浪費。小子，做你想做的事，別去想別人要你做的。只是要跟你爸要點心機。你知道嗎？他也是這個故事裡的受害者。說了這麼多廢話，都沒去摘熊蒜。該去找一些給晚餐用了。你會煮水波蛋嗎？」

我當然會。

這一天之後，我再也沒提過媽媽的事。但我也平靜了許多。我在蓋比和瑪莉亞家準備會考。瑪莉亞每天清晨五點半就會輕撫我的臉頰喚醒我。「懶鬼，起床了。」我聽著她的室內拖一路拖到爐灶那頭的聲音。雖然已是五月天，但清晨還是帶著寒意。她生了火，裝滿熱水壺。我張開眼，翻過身，算了算日子：還剩四個星期會考。是蓋比提議讓我到他家複習的。分別前，你和我，我們一起帶了花到墓地去。你抓住我的手臂說：「她一定守護著你。」

熱水壺在咖啡的香氣中低吟。我穿上衣服、套上高筒鞋，打開門走進罩了一層白霜的晨曦中。我繞著房子走到面向森林的那一邊小便，對準一叢皺葉酸模噴灑黃色液體。一隻夜行回返的貓來到腳邊磨蹭。這隻貓有時會叼來鳥或老鼠。我在長桌尾端坐了下來。瑪麗亞端來一碗咖啡、兩片烤麵包、奶油和她做的果醬。我望向放在桌子另一端的那疊筆記和書，一隻貓正端坐其上睥睨天下。那堆書中也包括我送給自己的第一本食譜書《跟著博古斯進廚房（Bocuse dans votre cuisine）》。平常，我把它藏在百花驛站房間的床底下。我很清楚你對這一類看似記錄食譜的東西都沒有好感。每天晚上，我會一頭鑽進白酒醋鯖魚、薄酒萊醬水波蛋和大理石蛋糕的世界裡。在瑪莉亞和蓋比家，那本食譜書可以光明正大地擺在桌上。風險是，比起複習概率和機械加工，我會花更多時間研究熱香腸的作法。我試著複習那些我一點也不懂的科目，一面祈禱會考當天不會考到。製作白醬對我來說是小事一樁，但解釋怎麼拉削可就難倒我了。

蓋比和瑪莉亞在床上喝完咖啡後，會坐到我對面吃早餐。他為我制定了幾近軍事化的日程表。每天上午六點到十點，下午一點到四點，晚餐過後一小時，我都得埋首苦讀。中間休息的時段，我會跟在蓋比屁股後進廚房，他允許我做飯。昨天下午，我們宰了一隻兔子。他宰殺動物時有如庖丁解牛，我從沒看過像他這樣處理牲畜的人。從兔棚裡抓出兔子時，他會喊著牠們的名字，溫柔地撫摸。所有的牲畜都有名字。昨天那隻兔子叫托斯基，還有一隻名叫巴枯寧的公雞和饒勒斯的鴨。鑄鐵鍋是大型動物們的安寧之鄉。「住在我們家還不錯吧，新鮮優質的青草和稻禾，冬天還有蔬菜凍可以吃。」蓋比細數這些好處，一邊從外套裡抽出將用來打暈托斯基的桲木棍。他吊起兔子的兩隻後腿，並為牠放血。血如細絲般流進碗裡。蓋比會說：「唉，生命不過如此，不足輕重。」接著，他會為兔子剝皮，然後擺上盤子，用布蓋好。

「托斯基同志於此長眠。」蓋比把盤子送到瑪莉亞面前時宣告。瑪莉亞輕嘆了一聲，用俄語咒罵他。他抱起她纖瘦的腰，送上無數親吻。做愛時，瑪莉亞也會說俄語。某天，我在森林裡問蓋比為什麼沒有小孩，他放下正在磨利的鏈鋸：「因為瑪莉亞之前遭受的鳥事。」當他狂暴地拉出啟動繩時，我嚇得發抖。

瑪莉亞盯著我看。

「需要幫忙嗎？」

我回絕。我正在準備香草束，把月桂葉、百里香、蔥白和圓葉當歸綁在一起，並切下一大塊豬膘。

「瑪莉亞，你們有搖籃嗎？」

「什麼？」

「搖籃。」

蓋比笑開了：

「有啊，就是那個做飯的時候要坐的。」

瑪莉亞明白我們是在開她玩笑。

「吃屎吧你們。」她送我們一句話。

蓋比拿出一把彎月狀的刀子，兩端各有一個把手，切起東西就像蹺蹺板一樣左右晃動。

「這就是搖籃刀。」

瑪莉亞假裝生氣：

「不能叫它『剁刀』就好嗎？你們法國人就喜歡把事情弄得很複雜。」

蓋比在磨刀石上過了幾下刀刃。他常說：「無論什麼職業，職人必得懂得利其器。」他的4L裡有一把鏟子，截面利若剁刀。我在書上看過，戰場上的士兵近身搏鬥時會把它當作武器。

我在砧板上把兔子的心、肝、肺和巴西里、蒜頭一起剁碎，再放到碗裡加入一小杯蓋比釀的烈酒。酒聞起來有我們在首次霜降後採摘的黑刺李核仁味。一公升的生命之水需要用好幾桶的黑李來蒸餾。蓋比喜歡蒸餾任何長在附近的東西：蘋果、洋梨、接骨木花、歐洲酸櫻桃。他每天早上會在第二杯咖啡裡加入「每日一滴」。至少他是這麼說的。除了蒸餾酒，他也會用陳年老酒製作酒醋。我往裝了兔血的碗裡倒入一些……正在攪拌兔肉時，蓋比用手肘碰了我。

「這個可以嗎？」他指向一個覆滿灰塵的酒瓶。

一九七二年阿羅斯—高登一級莊園紅酒。

「用來做燉肉太奢侈了吧？」

蓋比在我耳邊輕聲說：

「我標準很高，你可別讓我失望。」

我把酒加熱。另起一鍋放入切成塊的兔肉，撒上麵粉裹好，再加入熱水燙煮。接著倒入沸騰的紅酒，並加入香草束和帶皮大蒜，然後把鑄鐵鍋放到爐子一角熬煮。

「別放那裡，溫度太高了。」瑪莉亞建議。她跟你一樣，閉上眼就能感覺爐火的溫度。你總是要我用手掌去判斷爐子的溫度，去找到可以煮沸食物的地方或是小火燉煮的位置，不知道說多少次了！

村子裡的每個人都知道路路喜歡男人。當時路路和另一個男孩在森林裡被撞見。蓋比從戰場回來時，得知他們的父親為此打了他一頓。母親懇求蓋比別找父親談判。他找上父親時，父親正在菜園裡拔馬鈴薯。蓋比直立在他面前，用戰士的眼神看著他。「路西安是我弟。要是你再對他動手，我不會放過你。就算你是我爸也一樣，我會打爆你。」老頭子神色黯然。面對眼前這個在戰場上學到了自由和威權的兒子，他感到害怕。「可是我的屋簷下養了一個同性戀。」他輕嘆。「所以呢？你比較想要他死在奧斯威辛嗎？」父親垂首，繼續處理他的馬鈴薯。

我取出兔肉，把湯汁過濾後重新放回爐上，再依序加入心、肝、肺。我小心翼翼地攪拌，並確認醬汁的質地。蓋比拿麵包沾了一口，瞇起眼睛讚道：「此物只應天上有。」

我想起你對我說：「製作醬汁是廚房裡最美好的工作。」我還小的時候，看你做蝦濃醬都能感覺到魔法。我一邊把你要加進湯汁的蔬菜切成小片，一邊看著蝦子在鍋裡變得豔紅。你會取一根擀麵棍充當臼槌，把所有東西搗碎。在放入蕃茄、白酒、丁香、杜松子和胡椒粒後，湯汁轉紅。你把它們「遺忘」在爐上一隅，三小時後再過濾濃醬。當然也得加鮮奶油。通常，你都會讓我嚐一口魔法湯。今天，我看見瑪莉亞和蓋比吃了燉肉後滿足的神情，也同樣感到自豪。我知道要是打電話告訴你這件事，你會馬上要我專心複習。面對敏感的話題，我們總是選擇避而不談。這個習慣緊緊跟隨我，就連學校導師問我會考後要往什麼方向發展時，我也因為害怕你會知道而絕口不提烹飪。更不用說工程學院了，我在學校的術科成績糟到連去申請都不可能。我無路可退，只能祭出絕招：「什麼都可以，就是不做我在這裡學的東西。」同學們全笑倒在桌面上。

要是我告訴你這件事，你一定會暴跳如雷地吼我：「你不能這麼做。」蓋比說我很有種。我複習學科的時候，他會抱著貓翻閱我的書。儘管一點也不懂化學，他還是要求我背出名詞定義。儘管沒有接受過訓練，他對機械的理解力還是勝過我，只看一眼設計圖，就能明白離合器的運作原理。「看起來很簡單啊，」他總是這麼說，「都是常識而已。」當他感覺到我撐不住了，就會要我把「那些玩意兒」收起來，到屋外呼吸新鮮空氣。我穿上靴子，以便踩過爛泥去採熊蒜。

這天下午，屋外下著陣雨，雨勢暫歇之際，捲雲在天邊翻騰。蓋比把4L停在長滿金雀花的廢棄採石場內。我們跨過花叢，穿越樺樹和山毛櫸矮林。蓋比不喜歡林道，領著我走進他從不迷路的荒野深處。我們行經一片曠野，接著是綿延的溪谷，枯葉之下，溪水潺湲。蓋比停在一片歐石南邊，下方的小山谷裡涓涓細水交錯。我們跨過幾叢毛茛和鵝卵石。我鼓起勇氣提問：「你確定可以往這裡走嗎？」蓋比沒有回頭：「你覺得呢？」我們繼續沿著一條越來越寬的小河前行，一片綠油油的牧場在森林邊展開。蓋比將鐵絲柵欄壓低讓我跨過。我踩上溼漉的草地。此處雖有見到我們就趕緊遠離的小母牛，卻不大像座牧場；雖佇立著高大的橡木，卻也不是一座林地。我們朝著樹影下的穀倉走去，屋子大半已成廢墟，看似存放乾草的角落屋頂塌陷。我們在一處刻了1802的牆角石上坐下。

「這是穀倉建成的年份。」蓋比解釋。

我補上一句：

「也是雨果出生的年份。」

他拍了我的肩。

「也是一個無政府主義者，對吧？」

「話說回來，這種地方只有知道的人才來得了吧？」

「可以這麼說，可是我就喜歡這樣。這個穀倉在戰爭期間發揮了很大的作用。是這附近游擊隊的集散地。」

「德國人沒有監控這裡？」

「沒有特別監控。我們需要集會的時候，都會先派幾個人來偵察。而且德國人後來忙著處理城市，無暇顧及這種地方。」

我削下一根榛樹枝，插入土裡，看似一支飛箭。

「看來你好像比較喜歡削樹皮，不喜歡加工廢鐵，是嗎？」

我笑了。蓋比盯著我，陷入沉思。我又削下另一根樹枝。

「你還是想當廚師嗎？」

我咬著嘴唇點頭。

「你已經知道這麼多了，還需要進學校學習嗎？」

「還是需要進修。去學校或是當學徒都可以。可是不管怎麼做，都會和我爸起衝突。」

蓋比若有所思，手裡捲著菸。

「你問過他的意見了嗎？」

「沒有，可是我知道會發生什麼事。」

「小子，你得耍一點心機。高中會考結束後，別再跟你爸鬧彆扭了。選一間學校做做樣子，讓他以為你要當老師。另外再找一個餐廳學烹飪。這樣子應該可行。」

在春日裡逐漸轉暖的石塊間，某件事情正在發酵。眼前這個看似狡猾的男人正在指引我人生的方向。這天下午，我們說的話比小時候每週日我和老爸在河邊說過的還多。蓋比從我手中抽走我捲不好的菸。

「你捲這是什麼東西，讓我來。」

2

年輕人的慶功宴上，你是最大方的父親。我把一眨眼就被一掃而空的啤酒桶換掉，再幫排了好幾公尺長的酒杯裝滿檸檬氣泡酒。你往大鍋裡填滿用炭火煨熟的馬鈴薯，供大夥配著地窖裡所有的起司吃。我們飲酒、啖食、狂歡、嘔吐、再次飲酒。而你則在廚房裡幹活，爐邊始終放著吐著煙的香菸。你在盤上擺好水果冰沙和薄片餅乾。來到吧台裝冰水的路路對我說：「你爸瘋了，我從沒看過他這樣。」所有人以百花驛站之名暢飲著，就連車站裡的鐵路局員工也加入我們的行列，還有老師、憲警也來湊熱鬧。你為他們開了香檳。

柯琳和其他成績優異的同學坐在露天座。假期過後，她和那些一起聊天的同學一樣，都要到里昂的公園高等學院[34]去念數學。我給他們送上香檳，扮演好為金髮美女服務的奴才角色。我對這樣的身份感到滿足，正如蓋比所言，想著高攀柯琳，根本是「放屁放得比屁股還高」。我看著她，彷彿她是個陶瓷娃娃，不禁自問，我這雙工人的手是怎麼碰到她的。因為她，我發現有些情感其實可以在讓你心碎前就悄悄地從腳底溜走，而且連帶地，我也明白了大腦是男人的第二個性器官。柯琳抬起頭問：「接下來你要做什麼？」這時的我已經喝了不少皮頁啤酒，又灌下一杯香檳後，有股做點蠢事衝動。我的兄弟貝貝像一輛裝滿了里卡茴香酒的戰車，正好從我面前經過。他和在場的另外一些人一樣，即將成為綜合理工學院的學生，但還是繼續騎著他的 XT500 在彎道上壓車，還是會在凌晨三點和我一起吃罐頭醬糜。我們伸出舌頭吻了對方，大聲咆哮：「我們要結婚，然後生一個小孩！」

時間接近凌晨三點，就連庭院裡的天竺葵都累了，百花驛站裡卻依然人聲鼎沸。

[34] Lycée du parc，屬於大學預科學校，是法國特有的教育體制，成績優異的高中畢業生得以申請這種學校，經過兩年訓練後，直接參加競爭激烈的入學考試，進入優秀的院校接受三年的專業訓練，學成即取得碩士文憑。

你站在門檻上喝啤酒，掃視著露天座的人們。你看著年輕人彼此輕吻，露出了微笑。我想你應該很高興。你拍了拍手說：「好了，我們來喝洋蔥湯吧。」我想幫忙。「不用了，留在這裡陪你的朋友。」我恨你。

你的廚房裡已經沒有我的位置了。在你眼裡，我是個有高中文憑的人，屬於另一個世界。現在的我離白領階級不遠了。再會了，小職員的藍圍裙。再會了，桶子裡待削的馬鈴薯、莫爾托香腸的煙燻味和手指上的蒜味。再會了，我從美式潮流店裡買來帶去上課用的卡其帆布包，因為你送了我一個新的公事包和一雙帶流蘇的莫卡辛鞋[35]，取代我原本的帆布包和被廉價鉛筆畫花的克拉克鞋[36]。在我展開你為我想像的中產階級生活前，我要再做一件會激怒你的事。我一把抓起貝貝的摩托車鑰匙，把怒氣一股腦發洩在踩發桿上。摩托車引擎低吼。就在我要切到一檔時，一記鐵拳朝我飛來，鉗住我的脖子，順手熄火。粗糙細長的手指，是路西安。他直挺挺地站在龍頭前，睜大了悲傷的雙眼盯著我。「朱利安，夠了。」

[35] Moccasin，也稱為鹿皮鞋，源於美洲原住民，傳到歐洲後，也用來指稱一般輕便的皮鞋。

[36] Clark，英國老牌平民鞋店，由 Cyrus 和 James Clark 兩兄弟創立。

隔天，每個人都臉色蒼白，我們灌下好幾公升的可樂，企圖掩蓋有如槁木的氣色。我們得收拾置物櫃裡的個人物品，大家計畫要把藍色的工作服帶到河邊放火燒了。我用蠻力打開因為被暴力對待而扭曲的置物櫃門，把卡尺、鑰匙和銼刀放進帆布包裡。伸手到上層確認物品時，我發現一個印了封蠟章的信封。信封內裝了一張對折的方格紙。翻開後，紙上生硬的筆跡寫了「海倫」二字和一組電話號碼。我反覆審視那個名字和號碼，頭痛欲裂。我算了那組數字，的確是電話號碼沒錯。一陣恐懼襲來。因為害怕弄丟那張紙，我趕緊把號碼抄到筆記本上。同學們在一旁對著置物櫃拳打腳踢，我的世界卻靜止了。有人要賣翻爛的黃色雜誌給我，我卻一把抓來丟進垃圾桶，因此被狠狠咒罵了一番。看來，板起臉的我沒有威脅性，至少他們是這麼說的。

我沿著大街向下，丘陵下方路邊的廣告看板後有座電話亭。經常與我攀談的園藝工人正在為草莓園除雜草。他別過頭。他知道這是我們最後一次見面嗎？我想和他道別，但下一秒，我的思緒便被那座電話亭佔據，半開著的門似乎在呼喚我。我有一枚一法朗的硬幣。我在褲管的口袋裡反覆翻轉那枚硬幣，的確是一法朗。我又看了一次電話號碼，不知所措，害怕聽見那個我早已遺忘的聲音。十年了。沒有任何音訊。

那盞燈熄了十年。不打，代表我要帶著疑惑繼續生活；打，意味著敲打一扇門，門內住的是為我擦屁股、替我穿衣服、餵我食物、哄我愛我後又轉身離去的陌生人。自責的心情灼痛了我。我繼續向前走。那端廣告看板下的園藝工人抬頭觀察我，我變得如此陌生嗎？我拿起話筒，口臭和冷菸味襲來。我深吸一口氣，游移的手指在數字間迷失了方向。我掛上話筒，伸手撫摸電話亭金屬框上的心型印記。再次拿起話筒，心跳劇烈。一法朗的硬幣掉了出來，我放在手心把玩。交給命運之神決定吧。正面，撥打，反面，不打。硬幣高高地拋起後掉在碎石間：反面。不能就這麼屈服。我需要神奇魔法。又拋了一次，是正面。一比一，再來一次。這一次，我把硬幣放在手中晃了晃，像骰子般投擲。反面。命運之神決定今天不要行動。

這個星期天，我們要到瑪莉亞和蓋比家午餐，慶祝我高中畢業。我坐在車裡，膝蓋上放著草莓蛋糕，兩腿間還夾了裝著紅酒燉公雞的鑄鐵鍋。國中三年級的家長會談後，這是我第二次看到你穿白襯衫。穿過森林時，你告訴我羊齒蕨的幼苗可以像蘆荀一樣食用。我差點脫口：「要試試看嗎？」但又旋即住口。我經常因為擔心計畫不能實現，而乾脆連提也不提。然而這並不只是我的迷信。當時的我已經無法想像我們還能一起做什麼了；反正，無論如何，你的規劃裡都沒有一起下廚這件事。

我們抵達時，蓋比和路西安已經開始喝開胃酒了。他們笑說：

「怎麼樣啊，準大學生，還認得我們嗎？」

我無法接受這種玩笑。蓋比又補上一句：

「你知道博古斯說過什麼嗎？『我有兩個文憑：一個熱瓶、一個冷瓶』。」

瑪莉亞用力扣緊我的脖子，大聲地親了我。我感覺得到她的淚水。蓋比和路西安的母親也來了：

「恭喜您。」

這顆表皮發皺的小蘋果經歷了兩次世界大戰，含辛茹苦把兩個小鬼拉拔長大，竟然用「您」稱呼我。我實在承受不起。我在三口內解決了蓋比遞來的蓬塔利耶茴香酒。一陣噁心感竄起，我覺得全身麻痺，但還是接著喝下第二杯、第三杯。沒有人對此表示意見，我是這場盛會的主角。我身處充滿酒精的雲霧飄渺之中，周遭的聲音退成了背景。隨時都有手臂勾著我的肩，對我說：「真是聰明的孩子。」「你是我們家第一人。」「你現在爬那麼高了，可別忘記我們。」瑪莉亞給我做了最大顆的鮮奶油羊肚菌；你舀出最好的公雞肉給我；我的酒杯怎麼喝都不會見底。蓋比開了一瓶從舊時戰友那裡挖來的羅曼尼康蒂酒莊葡萄酒，出產年份是我的出生年。一片喧囂中，我不斷朝他使眼色。他很清楚我的心思，也因此刻意玩弄我。當他對上我的眼神，那雙眼笑了開來，好像在對我說：「小子，怎樣，天之驕子是嗎?你可別亂來，按照我們說好的做。」

你把草莓蛋糕切開，蓋比把香檳瓶蓋拔起。乾杯。我瞬間被冰鎮的口感和泡沫喚醒。蓋比朝我拋出救生索：「那你接下來要做什麼？」所有人的眼神聚向我：「文學。」我的聲調冷靜得不可思議。你把盤子上的草莓翻面，又切了幾塊蛋糕。儘管你用帶著權威口吻說：「很好。」口頭上這麼說，卻難掩臉上失落的神情。你對我的期許是當個工作室的工程師，並在未來設計新的高速鐵路車廂或協和飛機，或許還能畫一輛寶獅。這麼一來，你就能驕傲地對餐廳的客人炫耀：「我兒子在索紹市[37]當工程師。」然而，我沒有這麼做，我選擇了埋首書堆，天知道也許哪天我會跟海倫一樣考取國家會試的資格。你的面具太厚，以至於我看不出你是否偶爾會想起她，但我相

37 索紹市（Sochaux）是寶獅汽車的廠房所在地。

信，她始終住在你心裡。我沒對你坦白要去餐廳工作的事。你向蓋比和路西安敬杯，勉強擠出一點笑容。我想我要到屋外那片牧場上躺一會兒。打從在置物櫃裡發現那張紙後，海倫的號碼就在我腦海裡揮之不去。我從口袋裡抽出一張又另外謄寫了那組數字的紙。我覺得頭昏腦脹。想像一下，要是她接起電話，我要說什麼好呢？「是海倫家嗎？」，或者「我是朱利安。」還是說「海倫，妳好。」、「媽，妳好。」？要是她在認出我的聲音後，又馬上掛了電話呢？或者對我說「先生，你打錯電話了。」？亦或因為我不敢開口，換來良久的沉默。也許她會說：「朱利安，我等了好久，等你打電話來。」然後又是另一段無聲的空白。接著，在重重地嘆口氣後，她會問我：「你現在在做什麼？」不，我不想聽到這句話。「你現在在做什麼？」這種話是用來假裝對某個人感興趣用的。搞不好我們根本沒什麼話好說。我會很有禮貌地道歉，然後轉身逃離電話亭。

3

我已經待在這間郵局裡好一段時間了，就為了過濾那一行又一行和海倫的電話一樣，結尾是60的號碼。我一直沒有鼓起勇氣撥出號碼，只能先找出她的地址，並祈禱她沒有申請隱藏號碼。隔壁學校的鐘聲響起。正午了，郵局也要休息了。櫃台的業務看我整個早晨都趴在電話簿上，朝我走來。

「你背好號碼了嗎？」

我的臉頓時漲紅，含糊地說：

「沒有，我只是在找一個號碼。」

業務員一臉質疑。

「我可以看一下你手裡的號碼嗎？」

我遞上那張紙。他回了一個笑容。

「在金丘這裡找不到的，這個號碼是杜省的，也許是貝桑松。」

很好，原本已經準備好追隨海倫的腳步前往第戎的我，又得重頭過濾貝桑松的號碼了。我沒想過自己可以這麼有耐心，最後竟然真的找到了電話號碼與對應的地址。登記的名字不是她的，是個男性。那個姓氏猶如當頭棒喝。她結婚了，大概也有孩子了吧；反觀我們家，自從她離開後一切都停擺了。我爸沒有振作起來，我的生母也沒有選擇死亡。海倫背叛了我們。一把怒火在我心裡燃起。海倫知道的事比其他人多，但從來沒有碰過剩菜油渣。我鄙視她。我呢，我不是含著金湯匙出生的，但我也要去念文學了。我會穿著蓋比給我的軍裝夾克，而不是一件Burberry。

我在廚房裡看到你時，覺得你變得可悲又猥瑣。周遭的一切也都突然變得令人難堪，紙製的桌巾、茴香酒和高盧菸38的味道、老舊的鍋具、路西安沉重的腳步、廚

38 Gauloises，香菸品牌。

房旁的淋浴間、樓上的雜物間、妮可五彩的捲髮器和自從安德赫死後就始終跟烏鴉一樣的穿著。海倫這時應該在貝桑松過著高貴舒適的生活吧。她的孩子會穿著格紋的百慕達褲，頭戴髮帶，衣服上縫著彼得潘領。還有週末的橋牌聚會，扶輪社的二手衣跳蚤市場，冬日在瑞士滑雪，夏日到蔚藍海岸。你切斷了在我腦海裡播放的電影：

「你還沒申請第戎的學校嗎？不會太晚嗎？」

「沒有，我要去貝桑松。」

我不假思索便丟出這句，彷彿我自小就住在這座城市，但實際上我從未去過。雖然只在地區性的電視節目裡看過一些影像，但這座城市的名字對我來說卻如此熟悉。我想像昏暗的街上鋪著老舊的石塊，想像屋頂下的閣樓裡放著一疊書，是我唯一的傢具；一塊木板、兩根支架組成的書桌，一張床墊擺在磨損的地毯上。而你，你似乎一點也不驚訝。無論是第戎或貝桑松，都是一樣的，半小時的火車。幸虧你還是問了：

「為什麼要去貝桑松？」

我深吸一口氣：

「因為是雨果出生的城市。」

你因為佩服我的知識而屈起了身子。我厭惡你折腰的動作。我試著說服自己不是為了海倫才去貝桑松。在弄清楚事情的來龍去脈後，我就不會再打擾她了。我從書店裡買了一張城市街道圖，把接下來幾天的行程規畫好：到文學院註冊、找個落腳處、開始上課，然後就去看看她住在哪裡。我坐在列車上，抽著 Ajja 17，像個冒險家一般衝往陌生的城市。我的身邊放了背包，裡面裝滿你為我準備的各種軍需用品。還有睡袋、浴巾、盥洗包，以及足夠應付圍城戰的糧食：香腸、水果、餅乾和兩盒罐頭醬糜、一個檸檬磅蛋糕。你給了我兩張簽了名的支票和幾張鈔票，並對我千叮萬囑。你建議我把幾張鈔票摺起來塞進襪子，以免發生「意外事件」。你要我承諾會住進你打了電話預訂的旅館。我很疑惑，一個在山間打過仗的士官長、被路西安捧上天的你，竟然會是個直昇機家長。

走出維奧特車站時，眼前的貝桑松和我想的完全不一樣。這是一座綠色的城市，依著山丘，傍著蜿蜒的杜河。我走在巴東路上，秋日涼爽的氣息迎面而來。幾步之內，我就愛上這座無產主義的多元城市了。清晨時分，人們已在北非小米餐廳、酒吧、店舖和手工藝工作坊間互相寒喧。我坐進一間咖啡館的露天座。裝在小杯子裡的咖啡、烤雞的香味、老舊的灰色石塊……一切都充滿了魔力。

我一時興起，問了服務員附近是否有房間出租。這個問題在吧台上轉了一圈，繞出街區再往更遠的路上傳去。一個男人走向我，因為手掌上沾滿白漆，他只能伸出拳頭握手。他的工作室頂樓有個房間正在出租。我願意的話，可以過去參觀。我反而感到有點迷茫了，不僅因為事情進展得過於迅速，也因為生活竟可以變得如此簡單。我決定過去看看。一座美麗的木梯逐漸變窄，通往位於七樓的房間。房東是名木匠，第一時間就以平輩的「你」對我說話。「你看，房間很簡陋但很乾淨。」房間位在走廊的轉角處，和其他廁所並排，就像在青年文化中心放映室裡看過的電影《蟹鼓（Le Crabe-Tambour）》裡那艘小船上褊窄的走道一角。狹小的房間只能擺放一張床，床的尾端和牆壁間夾了一張桌子，必須跨過椅背才能爬上床。除此之外，也只有一個洗手台和一座衣櫃權當擺設。陽光透過上方的氣窗輕撫著印了碎花的床罩。房裡飄著木蠟油的味道。我想像自己從這座高塔走到街上，感到自由與獨立。房東不收支票，答應現金支付可以免去押金。於是，我拿出鈔票付了房租。現在我有家了。我上床，眺望老舊的屋瓦。烏鴉群聚在一戶人家的煙囪上鳴叫。我沿著街飛翔，直到巴東橋上，望穿杜河棕色的水。我在岸邊遊蕩，直到夏瑪公園，在大樹下坐了下來，切一片風乾香腸來吃。我從沒這麼做過，背靠著樹幹，在遠處背景的車流聲中獨自用餐。我無法想像海倫就身在這個場景之中，但這裡確實是她生活的地方。我咬著餅乾，默默地把這座城市收進心底。

這天下午，我到梅格曼街註冊文學系，那是個飄著舊書和地板木蠟香氣的地方。我的口袋裡放了高中文憑和一隻用來填寫表格的原子筆。大學餐廳裡的兩杯啤酒為我壯膽，擲彈兵再次出擊。晚上，我犧牲了一枚五塊錢銅板打電話給你。有，我註冊了；對，我住在旅館裡，你也知道找房子不容易。我不知道什麼時候能回家，因此感覺到你的失望。你再次提醒我不要把錢留在房間裡，畢竟「不能相信任何人」。我笑著掛了電話。

我很晚才進到演講廳裡，幾乎是倒數幾位。站在階梯上讓我感到暈眩。我坐進最上排的座位。教室裡的女生佔多數。這對從粗糙的製鐵工業學校畢業的我來說簡直是奇觀。其中幾個女生擦了指甲油。每件事對我來說都很夢幻。紅棕色頭髮的教授穿著西裝打領帶，他向我們道早的方式彷彿我們昨日才見過面。他翻開皮製的紅色資料夾開始上課，今天談的是高乃依的《熙德（Cid）》。他說話的語氣自命不凡，我一句也沒聽懂，發音時清濁不分更是令人難以忍受。我的筆記上一片空白，望著前排褐髮的女生密密麻麻的筆記，我內心羨慕不已。左手邊的兩個女同學談笑風生，其中一位在筆記上寫下自以為聽到的重點。我不禁自忖為何在此浪費生命，心思也早已飛到夏瑪公園裡，想著大樹的落葉和秋日裡的各種蕈菇。我想像和蓋比一起走在林蔭小徑上，栗樹在我們頭上彎成一座拱廊。他會因為我選擇了貝桑松這個孕育出烏托邦社會主義學者傅立葉[39]的城市而高興。他說過一九七三年 Lip 鐘錶工廠的大罷工[40]，還有六〇年代貝桑松的無產主義代表、沉量級拳擊手喬斯蘭（Jean Josselin）在法國和歐洲贏得的冠軍。一九六六年，喬斯蘭甚至差點在達拉斯抱回世界冠軍。我們採摘了足以鋪成一片地毯的雞油菌。瑪莉亞坐到「他的男人」腿上。我的下體為此起了反應。

　　我端著盤子在學校食堂裡繞圈，因為不敢坐到其他學生旁邊，花了好一段時間

39 Charles Fourier（1772-1837），法國哲學家，出生於貝桑松，致力於建立一個烏托邦社會主義的社會。

40 Lip 是法國歷史最悠久的鐘錶工廠，一八六七年成立於貝桑松。

才找到一張無人的桌子。食堂裡的消毒水和加工高湯的味道令我作噁。馬鈴薯泥是冷的，肉太老，醬汁帶著燒焦的骨頭味。我吃掉乾硬的麵包和香蕉。從那天起，我總會回到我的高塔裡吃飯，沾著美麗暗沉的橄欖油，吃下從巴東路上買來的大麥麵包。還有塗了哈里薩辣醬的麵包片，那是心情低落時的最佳調劑。我的書桌上也總是放著一碗杏仁，讓我在解讀《熙德》時可以隨手取來吃。讀高乃依的書有如學習一門外語，我無法理解，更感受不到文字的力道。要是那些製鐵的夥伴看到我，一定會說我是在「給蒼蠅肛交」。

十月天裡的某個午後，一個長著鷹勾鼻的高個子穿著黑色的斗篷走進演講廳，頂著一頭蓬亂的捲髮穿過每一列座位，最後坐到講桌上，開始一段沒有任何筆記、長達兩小時，卻令人專注到為之止息的課程。他批判大學的病態，認為大學只會製造一些拿到文憑後就把所學全數奉還的學生。他警告我們，在他的課堂上絕不允許心存僥倖，應該學習自由思考和書寫表達。我聽得目眩神迷。為了安心，我說服自己蓋比也是這麼想的，要是換個背景，他也可以成為一個比較文學教授。我把教授開的年度書單夾在博古斯的食譜書裡，包括《仲夏夜之夢》、於斯曼的《逆天（À rebours）》、德國浪漫主義文本和法斯賓達的作品。他是唯一一個閱讀清單上沒有自己著作的教授。就跟你一樣，沒有筆記、沒有食譜、沒有參考資料，單憑宛如亞里雅德妮41的絲線一般的雙眼和雙耳為你指引方向。

諸聖節42這天，我終於下定決心了。那是個寒冷的秋日，我在樓下喝了杯咖啡。廚房裡燉煮庫斯庫斯43冒出的水蒸氣讓門窗上的玻璃蒙了一層霧。老闆見我重感冒，遞來杏仁和黑棗。都是因為床下老舊的暖氣棄我於不顧，我只能把所有毛衣套在身上睡。我原本答應老爸十一月一日會回家，最後仍不停延後見面的日期。踏上火車的那一刻起，我就展開新的生活了。因為和他之間無話可說，原本打電話用的五法郎硬幣變成了一法郎。通話中斷時，就算身上還有硬幣，我也不會堅持，毅然切掉那些讓人

41 亞里雅德妮（Ariadne）是古希臘神話中的酒神之妻，在她和酒神結為連理前，曾交給英勇的忒修斯一條線，協助他找到牛頭人身的怪物米諾陶若斯，並在擊敗牠後安全歸來。後來借指循著線索找出正確的解決之道。

42 諸聖節（Toussaint）是法國的宗教節日，也是國定假日，固定在每年的十一月一日。秋末收獲結束後，準備進入嚴冬的季節，法國人會在萬聖節過後的這天紀念聖徒與殉道者，並在十一月二日至親人墳上掃墓，相當於清明節。

43 庫斯庫斯（Couscous），一道北非瑪格里布風味的塔吉鍋燉羊肉，通常搭配北非小米食用。

無法忍受的問題：有沒有吃飯？會不會冷？學校的課程會不會太難？我多想對著他吶喊：「別管我，你不是我媽。」

諸聖節彌撒的漆黑人潮湧進聖瑪德蓮教堂。我在秋季的大雨中穿過杜河，挖出口袋深處的銅板給自己買一包菸。我不需要地圖也知道自己身在何處。儘管至今才決定走上這條路，它在我心裡的影像始終如此清晰。我在腦海裡反覆塑造這個街區的模樣，麵包店、肉舖、花店，都是她習慣光顧的商家。還有街角的菸草報刊店，她可能還買世界報和皇家薄荷菸。我沿著發亮的鋪石地板向上，想像她的咖啡色馬靴，然後是米白的大衣和那條修飾她深色頭髮的領巾。靠近那條街道的偶數門牌時，我開始貼著牆走。我害怕撞見她，因此挨著車輛出入的門廊藏身，以防她突然現身。

印著她地址的住所外有道緊閉的大門，高牆上爬滿藤蔓。我向後退了一步，目測建築物的外觀，並推斷它是貝桑松舊城裡隱藏的豪宅之一。我推了推門，門是鎖上的。門框上排著一列青銅門鈴，電話簿裡的名字就印在那裡。我知道自己不會按壓門鈴，但還是伸手摸了摸它。我決定在附近繞一圈，並在格宏維勒廣場的露天音樂台階梯上坐了下來。泛白的陽光把只剩枝幹的樹照得亮白。我從口袋裡拿出小克雷畢雍的《迷途心神（LesÉgarements du coeur et de l’esprit）》，試著靜下心閱讀。需要一個神奇魔法，讀十頁，然後我就轉回那扇門廊前。一旁突然傳來的小孩聲音嚇了我一跳。要是她也和小孩到這裡散步呢？我趕緊躲到一棵大樹後。一個小女孩尾隨在年輕的金髮女子身後從我身邊走過。教堂的鐘聲響了十一下，我讀完克雷畢雍的一個章節，握緊了放在口袋裡的拳頭，大步邁向敞開的大門。門內是鋪了石板的庭院，周圍繞了一圈修剪過的黃楊盆栽。三合式的屋宅牆面高處掛了窗子。一輛德國轎車停在正面前方。

我帶著擔心與恐懼走進庭院。我是《最長的一日（The Longest Day）》裡，在一九四四年六月六日登陸諾曼地的士兵，破釜沈舟，沒有其他選擇。我筆直地站在庭院中央。我可以大聲喊叫，但我選擇把自己交給命運之神。我盯著那道有雕飾的橡木門，任由想像力馳騁。門開了，海倫探出頭，睜大雙眼：「朱利安，是你嗎？」她露出笑容，對我說：「進來吧。」我一動也不動。她走向我，我認得她的香水味，她緊緊抱住了我。成功了。失敗的版本是那道門開了，她，或是另一個陌生人對我說：「年輕人，有事嗎？」我會因此尿溼褲子，含糊地吐出幾個沒根據的謊言，然後轉身逃跑。

正午的鐘聲響起。我朝窗戶和窗簾那裡看了一眼。沒有動靜。直到一陣下樓的腳步聲和談話的回音傳來，我才趕緊走回街上，藏到一個角落裡。我聽見轎車發動引擎和關上車門的聲音。我看見司機的模樣，是個臉龐削瘦、戴著金框眼鏡的年輕人。司機身旁還有個影子和打火機的火花，後座是兩個小孩。我邁開步伐走遠。這一局沒有輸贏。

4

四號桌要一份「鵝肝醬佐四季豆」。我謹慎地把四季豆擺到盤上，加上一點巴西里葉，再把盤子拿到正在煎鵝肝的二廚面前，然後回到我的位置繼續準備櫻桃蘿蔔。突然有人從背後推了我。是二廚把盤子推過來了。一撮鼻毛從鼻子裡冒出，讓他看起來更不可一世。「你都是這樣切四季豆的嗎？」我的雙手因為洗櫻桃蘿蔔而凍僵了。他又推了我一把：「這裡不是你那個鄉巴佬的破餐館，在這裡，我們料理，而不是餵養小牛。」盤裡的東西飛進垃圾桶。他在我耳邊一字一字地說：「四季豆要從長邊切開，快點，不然我打爆你。」我拉出砧板，一根一根地切開一束四季豆。我聽見二廚對主廚說：「從屁眼裡出來的人還妄想飛上枝頭。」

主廚什麼都沒說。其實這就是他平常的樣子。他聘我當臨時工時，只問了我：「你確定這是你想做的事？」我隱瞞了學生身份。餐廳裡的裝潢讓我目瞪口呆，紅色的絨布沙發、木作裝潢、大理石和數不清的鏡子。他伸出手，無力地握了我。他大概覺得這場面試很無趣吧。他沒有看我，雙眼盯著餐廳裡的員工整理餐桌。那是我第一次看到服務員在餐桌上熨燙桌巾，還有另一個人負責用白醋擦亮餐具。主廚看著自己的指甲跟我解釋新潮烹調[44]的方式，包括清淡的醬汁、快速的烹調、盤裡的蔬菜和在菜園裡一樣新鮮。

他只把戈米蘭餐廳指南掛在嘴邊，去年他們給了我們不錯的分數。米其林又是另一回事了，對主廚而言，米其林是個不能說的秘密，是他揮之不去的念頭。自從他開始追逐星星以來，就對那本紅色的指南又愛又恨。只需一名可疑人物現身，廚房就會變成戰場。主廚什麼都要監督、什麼都要控制。他會親自把開胃小點放到盤上，逼

[44] 新潮烹調（Nouvelle cuisine）是一場始於一九七〇年代的料理革命，有別於古典的料理方式，強調擺盤和食材的刻畫與呈現。著名的主廚博古斯即是這項革命的主要推動者。

問服務那桌 VIP 客人的外場領班各種問題。客人仔細閱讀了整張菜單嗎？有沒有詢問餐點細節？有沒有猶豫？為什麼他只點了一般套餐，而不是高級套餐？有沒有好好說明酒單？他點了什麼酒？主廚偶爾會從酒吧一角斜眼偷看來者何人。似曾相識。也許是多想了。他不斷詢問服務員，大家都亂了手腳。廚房裡同樣要小心伺候那位疑似觀察員的客人。他點了「烤梭鱸排佐肉汁」，二廚仔細檢查那塊魚肉，手裡拿著挑魚骨的夾子，盡力去除任何一根小魚刺。還得重切檸檬，原本的鋸齒切面不夠整齊。主廚檢查豬五花肉不下百次，也會對著某個沒把蠶豆皮清乾淨的學徒大吼。外場領班前來回報。他得描述客人看見餐點時的表情，是否留下剩菜，是否給了評論。有沒有再次強調所有的餐點都是廚房現作的，確定嗎？有沒有說我們最著名的點心是牛軋糖冰淇淋和覆盆梅醬？沒有？他偏好水果沙拉？對一個美食評論家而言，真是奇怪的選擇。「上甜點時別忘了送馬卡龍，我要到裡面晃一圈，總要到桌邊跟他打個招呼。」主廚說。然後他會換下圍裙和鞋子。

他進場和其他常客聊了聊，給等待帶位的人送上兩個開胃小品，最後走向那位正對著領班認真發表意見的神秘人：「太棒了，主廚，我正跟這位先生說，下回跟市長有約時，一定再來你們這裡。」看來這人不可能是米其林先生。「又搞錯了。」廚房裡的一名學徒對身旁的同學輕聲說。

每回遇上這種日子，主廚和二廚都會讓我們付出極高的代價。再會了，午休時間。我們得為如山高的菊芋和蕃茄去皮、準備菠菜、燉煮高湯。二廚可以找到各種理由對著學徒們咒罵，給大家的手臂送上拳頭，或拉他們的耳朵。年輕人們全都疲憊不堪、飢腸轆轆。餐廳裡沒有所謂的員工餐，我們只能吃剩菜，都是些勉強稱得上食物的東西。我好餓。某個晚上，我偷吃了一盤客人幾乎沒有動的餐點，二廚指控我是「偷吃賊」。當天因為疲憊戰勝了勇氣，我並沒有反駁。我只想趕緊結束工作，回家複習作業。但工作似乎永無止盡。晚一點還得聽主廚教訓那些幾乎睡著的學徒。他再次提醒「有得吃、有得住就該心存感激。」事實上，他們根本沒有東西可吃，而且睡在屋頂下方的老鼠洞裡。其中一個學徒哭了好幾次。從某個星期一早晨開始，他沒有再出現。「反正，他也不是做廚師的料。」主廚這麼說。

儘管二廚看來是個虐待狂，我卻始終無法厭惡他。某天上午，我正在和羊肋排奮戰，他拿著去骨刀走向我，展示如何切掉肋骨上部的肉，讓骨頭外露。他說著自己從十四歲起就在孚日一間屠宰廠工作，而後才進廚房當學徒的故事。看著他俐落地把羊肋排的肉刮除，避免在烹調時沾上肉色，我才明白他對完美幾近病態的痴迷，讓他活在這個沒有家室、子女的世界裡，餐廳的工作就是他的一切，再沒有人能讓他上心。

你也和他一樣。我經常問自己，海倫是不是因為受不了看你成天和鍋子為伍，才決定離開。從電話亭到家門，我遲遲未與她相認，這件事並非偶然。我害怕聽到對你不利的字句。然而，我其實無法想像她責怪你的模樣。總之，我只想知道事實；事實勝於雄辯。我還記得蓋比說過的話：「而且她很愛你爸。」

不碰爐火的時候，我盡量跟上梅格曼街的課程。我經常倉促走進演講廳內，有時甚至是從廚房直接過去。「你身上是不是有食物的味道？」坐在隔壁的同學問我。我對他微笑，心裡想起了柯琳。我已經放棄理解高乃依了，唯有對比較文學的課程堅持不懈。鷹勾鼻捲毛男明白我不是那種會泡在醫學院或法學院學生晚會裡的人。

「你的手是怎麼回事？」

我燙傷手的那天，他這麼問我。我回答他是修理摩托車時受傷的，一輛不存在的摩托車。

「哪個廠牌的？」

「Honda，XT500。」高中那幾年的往事成為我說謊的草稿。

「日本車啊，」他又接話，「我呢，我比較喜歡英國的，Norton 或 Triumph。」

我不說謊，只是耍點小聰明。三年的技職學校在我和文學之間挖出一條鴻溝。我喜歡文字，但它們就像我和蓋比一起抓的鱸魚一樣難以捉摸。對於不知道或不了解的事物，我會敷衍了事，假裝自己知道。但再厲害的走索人，有時也會從鋼索上墜落。這天，我做了莎士比亞的報告，這件事對我來說就跟在黑暗中做希布斯特鮮奶油[45]一樣容易。

我不疾不徐地提出某個角色「虛構的」、「象徵性的」死亡，下了結論，鬆了口氣。鷹勾鼻依然穿著黑色斗篷，看上去就像隻烏鴉棲息在田野中的大樹上。他轉向其他同學問道：

「有什麼想法嗎？」

[45] 希布斯特鮮奶油（crème Chiboust）是義式蛋白霜與卡士達醬的合體，一八五〇年由巴黎甜點店希布斯特發明，通常用來製作聖多諾黑泡芙。

演講廳內一片沉寂，只有幾個聲音窸窸窣窣：

「很好。」

「我倒是有個問題，」他說，「你說是『虛構的』、『象徵性的』死亡。為什麼不選一個修飾語就好？這兩者間有什麼差異？」

我嘀咕著幾個沒頭沒尾的句子。他放任我沉淪，站在一旁看好戲，直到最後一刻才伸手救援。

「使用虛構的死亡也許比較合適，你覺得呢？」

我趕緊同意，就像一個在筆錄上簽字後急著離開警察局的人。

「那就沒問題了，很好。」

我不習慣被人稱讚。廚房裡經常會聽到「我們是為客人料理，不是為了讓自己開心。」我爬上演講廳的階梯。鷹勾鼻叫住我：

「你得管好自己，不過就是文字和紙張而已。我知道你一定很會做菜。」

被逮到了。

「在這裡，我們什麼都知道。特別是你在餐廳那裡倒完垃圾後，根本瞞不了我們。」

我們一起爬著通往上方出口的階梯，門打開前，他對我說：

「我認為靠雙手工作的人很了不起。」

這天晚上，我正在幫一個學徒收拾流理台。這一天的工作都結束了。主廚不在。洗碗工剛把地板擦好。阿格林是個剛到法國的庫德人，當天早上才受聘，是每天領現金的黑工。二廚對這種黑工的態度比平常還更惡劣。要不是嫌棄鍋子沒洗乾淨，就是嫌洗得不夠快。這天，二廚對洗碗工特別沒耐心，當他要求重洗一個鍋子時，阿格林拒絕了。二廚當場決定要讓他付出代價，刻意把剩下的肉汁往乾淨的磁磚上倒，又以戲謔的嘴臉表示是不小心翻倒的，要求阿格林再拖一次地板。洗碗工輕聲應道「不」，這是少數幾個他會說的法文字之一。「我叫你清乾淨，不然就走路。」他站起身，從油膩的水槽裡拿出一條布，丟在洗碗工腳邊。他動也不動。「撿起來。」阿格林交叉雙臂。「該死的畜生，你給我聽好，把這灘屎給我清乾淨，不然你會知道我鞋子穿幾號。」洗碗工露出笑容，丟出一句應該是庫德語的髒話。對方朝他撲過來，我趕緊衝上前站到兩人中間。二廚踩到我的腳失去重心，受到驚嚇的他更加憤怒。「你也是，竟然維護這種下賤的人。讓我過去，我要好好教訓他。」站在我背後的阿格林十分慌張：「不，不。」「書呆子，不要插手！」自從某次二廚看到我在垃圾桶旁看書後，就管我叫「書呆子」。他朝洗碗工的方向做出頭鎚的模樣，我立即推開他。他又上前，我伸出腳。他滑倒在潮溼的磁磚地板上，用沉悶的聲音衝著我大喊：「你不過就是個酒家的夥計。跟你爸一樣。」蓋比的話在我耳邊響起：「最強的人不一定是贏家，真正會贏的人通常是手段最殘忍的。」我拿起擦地板的布往他的嘴裡面塞。他抓住我的睪丸用力扭捏。疼痛感讓我更衝動。我抓起一把鍋子，正要往他臉上砸去時，有人從後方用力拉住我的手臂。阿格林看我的眼神出乎意料地溫柔。「不。」他說了這個字，然後把鍋子放回爐子上。

我被解雇了，簡直如釋重負。

5

一個星期天早晨，有人敲了我的房門。我的臉色糟得如槁木死灰。前一晚，我和阿格林還有大學裡的幾個摩希根人[46]一起喝啤酒，為庫德工人黨和革命共產主義同盟乾杯，不小心喝過頭了。我一邊扒著鬍子，光著身子迎接你。你手裡拿著一袋可頌，張大眼盯著我看。「想看你就得自己來是嗎？」我用哈欠掩飾我的尷尬。「不請我進去嗎？」你是第一個進到高塔的訪客。我笨拙地把床罩鋪好，請你坐上我唯一的椅子。「有咖啡嗎？」我指向放在牙刷旁的那盒即溶咖啡，打開水龍頭裝熱水。你對這個簡

[46] Mohican，居住在美洲的印地安原住民。

陋的房間感到失望。「你應該告訴我的，我會給你帶電子咖啡壺。」我只有一個馬克杯，兩人分著把可頌浸到裡面沾咖啡吃。

你仔細觀察房間的每一個角落，目光停留在堆滿桌子的書和釘在壁紙上的紙條上。

「你應該告訴我的，我就會多給你一點錢。」

「幹嘛用？」

「找個大一點的房間。」

「大小沒差，我喜歡這個房間。」

「你都怎麼吃飯？」

「我自有辦法。而且我也不餓。」

你看起來不太相信。我一臉自豪地打開你給我的菸草盒，裡面放了我存下來的錢。

「你看，錢完全夠。」

「我每個月給你的錢都沒花掉嗎？」

「我靠打工賺來的錢生活。」

這句話就像把刀，一劍穿心。

「所以，廚師的事還沒結束？」

「這不是一件事，是我的一生。」

我又補充：

「那些書也是。」

你把頭埋進掌心。

「老天爺，你這固執的念頭究竟是誰給的？」

「是我自己決定的。我從小就看著你做你的工作。」

「我早就跟你說過了，這不是個職業。」

你指向那疊書。

「這些呢，是幹嘛用的？」

「用來探索世界。我知道我很幸運，你給我機會念書。」

「那就好好念。不要把時間浪費在吃的東西上，專心當老師。」

「我沒有浪費時間啊。我想要讀書、寫東西和料理。」

你按揉太陽穴，頭低了下去。

「那放假的時候來幫我。」

「爸，我當然會幫你，可是這樣還不夠。我還想學更多東西。我說過了，我想同時念書和料理。」

「說這什麼話，我跟你一樣大的時候，就是因為只會寫自己的名字，才只能窩在爐火旁烤麵包。」

「正因如此，我希望透過我，能讓你對自己的職業感到驕傲。」

「什麼？每天在廚房裡站十五個小時，為那些來你家吃飯撒尿的蠢貨煮飯，你說這個叫職業？」

「要是你當時多花一點時間陪海倫，要是她還跟我們在一起，事情就會不一樣。」

我引爆了核彈。我知道會有什麼後果，但反正我沒什麼好怕的了，反正已經過了這麼久，我們始終無法溝通。

你站起身，扣住我的脖子。我以為你要打我。但你用力地搖晃我。

「不要再跟我提到她了。聽到了嗎，永遠不要。」

你連她的名字都說不出口。要是離這裡幾百公尺的她知道，光是提起她的名字就能讓你變成這副模樣，該有什麼想法。我看著你，你漲紅了臉，身上穿了一件不太合宜的花毛衣，褲管在鞋子上方鼓成一團，坐在我墊在床上的手帕上。海倫可能正在她的豪宅裡享用早餐。改了作業後，她會精心打扮再坐進那輛德國車裡。雨水打在氣窗上，發出鼓聲。你點燃一根菸。你不喜歡僵局。

「現在要怎麼辦？」

「我會拿到文學院的大學文憑，也會繼續打工。」

你猛烈地抽了口菸。

「那我就不給你零用錢了。」

結局已定。你用力甩上門，齊柏林飛船的海報掉落。你忘了拿走香菸。我點燃一根後躺回床上。你果然是蓋比口中那頭「牛」。我的心裡有股哀傷在發酵。

6

我在阿馬那裡找到了一份工作。他在巴東路較高的那一頭接了一家餐廳，需要人手幫忙。我們是在他迷你的廚房爐灶前認識的，在這之前，阿格林已經先接下了在那裡洗碗的工作。阿馬當天就遞給我一件員工圍裙，好像我已經被雇用了似的。「你知道埃及國王菜㊼嗎？」當然不知道。「是一道宴席菜，象徵春季的到來。」他拿出一些翠綠色的粉末說：「這是黃麻葉磨成的粉，這種植物通常長在棕櫚樹下。」他切

㊼ Mloukhiya，北非馬格里布地區常見的菜湯，將黃麻葉磨成粉後，和兔肉、牛肉或雞肉、鴨肉一起燉煮而成。

下一塊牛肩胛，輕輕撫摸透著石榴紅的部位。「很美吧？」這個男人珍視牛肩胛的方式就跟老爸教我的一樣，這樣的人一定不會太差。他拿起蒜頭，在肉塊上來回摩擦，然後塗上一層赭色的粉末。「這是布雜，我媽混合好幾種香料做成的。有肉桂、葛縷子和茴香球莖。」然後阿馬會加入埃斯佩萊特辣椒、橄欖油和濃縮蕃茄泥調和出香氣濃郁的稠狀醬汁，與牛肩胛一起燉煮。阿馬也告訴我他在地中海彼岸的童年回憶：他的母親在棕櫚葉編成的篩子上清洗香料，再做成國王菜。「我會學她的動作。整個童年，我都看著她做飯。我會去買菜、去港口買魚，也會把薑黃拿到磨坊去磨成粉。」他的父親離開北非到法國一家鑄造廠工作。他的故事讓我想起泰勒之子的事，還有被高中老師瞧不起的「布紐樂」。「我爸到法國工作前對我說：『長子如父，從現在開始，你不能在馬路上亂跑了。』」他寫的家書都是阿馬念給母親聽的。那個孩子夢想著和父親一樣的生活，於是跟隨環法腳踏車賽繞了法國一圈，探索這個國家的風土與特產，也因此熟知了各地區的起司。渡過地中海前，他什麼工作都做過，直到某天清晨他決定出發，來到維奧特車站。

阿馬把黃麻粉倒進滾燙的橄欖油中，調出一鍋酒瓶綠的醬汁，然後把已經跟香草和蘑菇一起燉過的牛肩胛肉塊放進鍋裡。

我推開那扇門，另一邊的世界擺滿了香料，令我著迷。我在老爸那裡只看過胡椒、四香粉和肉豆蔻。阿馬會在米布丁裡放小豆蔻，在小牛肉丸裡加孜然、在香橙糖漿裡撒肉桂，也會用八角煮小牛腰子。他堅持要我嚐一口特製的香料墨魚湯，並告訴我他進入料理界的故事。「會跟奶油一樣入口即化，可是還要再加一些蒜頭和西洋芹。」他是從洗碗開始做起的，後來一個老廚師把他收為學徒。他的料理混合了經典的菜餚和小酒館的平民食物，芥末兔肉、磨坊風味比目魚㊽和橙汁可麗餅可以同時上桌。師傅退休後，阿馬接下了主廚的工作。

國王菜煮好了，油亮的色澤有如一灘墨水。燉煮前，阿馬也在可可色的牛肩胛上插了三片月桂葉。牛肉入口即化，略帶青草味的醬汁如甘納許㊾般滑順。我們搭配麵包享用。我在阿馬這裡學到了料理可以讓各種文化在廚房裡交會。他教我把莫爾托香

㊽ 磨坊風味（meunière）指的是把整條比目魚裹上麵粉後油炸，是法國經典菜餚。

㊾ Ganache，鮮奶油巧克力醬。

腸50放到以母親的香料調味的卡酥來鍋51裡，也讓我用北非小米搭配紅酒燉牛肉52，還有他研發的橙汁鴨肉餡餅。

每回穿上廚師圍裙，我都不曉得當天將會學到怎麼運用橙花水，或者見識到他在那看似法式餐點的鑄鐵鍋馬鈴薯中加入薑黃的巧思。在他的廚房裡，香料不只是錦上添花，而是一個活在巴東路與地中海彼岸間的男人的故事。阿馬笑那些從沒搞懂的人：「我還在北非的時候，他們說：『你做披薩。』在這裡，人們又說：『你做庫斯庫斯。』」阿格林形容他就像無花果樹，不停茁壯生枝，但也從不忘記地下的根。

每到週日，阿馬的小餐廳會變身成熱鬧的小酒館，常客和閒晃至此的人們聚在一起喝杯淡咖啡、夏多內白酒，吃點瑪香53。人們會讀東方共和國報、重溫索紹足球

50 法國法蘭琪康堤大區的特產，是一種純豬肉香腸，以葛縷子、紅蔥、香菜、肉豆蔻與葡萄酒調味後煙燻而成。

51 Cassoulet，法國西南部特色料理，把腰豆、豬皮、豬肉香腸、油封鴨腿等食材一起煮成濃稠的燉肉鍋。

52 紅酒燉牛肉為法國勃根地地區特產，傳統上是搭配馬鈴薯或沾麵包吃。

53 Mâchon，里昂傳統早餐，通常是在豬雜上淋薄酒萊。

俱樂部的比賽，或者半開玩笑地調情，期待可以共渡春宵。阿馬算是巴東街的吟遊詩人。他把爐灶交給我和阿格林，讓我們自由揮灑創意。每到週日，我會一再嘗試我的馬鈴薯歐姆蛋，加入新鮮洋蔥、香菜或辣椒，貯藏室裡有什麼就加什麼。阿格林則準備他拿手的茄子泥和優格拌小黃瓜。我們也會一起包朵瑪[54]，就是你生病時最愛吃的葡萄葉包米。

這天上午，我決定做香料飯，放到大盤子裡，擺在客人中間讓他們自行取用。我承認，曾經有好長一段時間，米對我來說只是一種黏稠的石膏，只是吃白醬燉小牛肉或星期五吃魚時不可缺少的配角而已。我們曾對米、麵和蔬菜的熟度有過激烈的辯論。你的年代盛行把爐火燒得興旺，菜上桌時都已軟爛變形。所以當我把四季豆煮得 al dente[55] 的時候，你還說我是存心讓餐廳倒店。你總是碎碎念：「這就叫流行。」然而，你的好奇心還是戰勝了。我還記得你嚐到我的香料飯時有多麼反感：「根本沒煮熟。」可是後來，你卻一再要求我：「再做一次你那個飯好嗎？」我喜歡炒鍋裡的

[54] Dolmas，中東料理，用葡萄葉包米，有些還會包肉，有點像肉粽。
[55] 義大利文，原本用來形容麵條煮到恰好，有點彈性與嚼勁的程度。

米在奶油裡噼啪作響，看它慢慢轉成金黃，逸出榛果味。喜歡淋上高湯時，它們會輕抖幾下，並在吸收水份後低聲呢喃。正當我開火炒葡萄乾，準備把它們放到香料飯裡時，阿馬叫了我：「有人找你。」

我一眼就認出蓋比壯碩的身影。他穿著一件迷彩外套，在餐廳裡特別引人注目。他留長了頭髮和白色的鬍子。他對我眨了眨眼，遞上一個小木箱：「拿去，收好。新鮮直送，是我家那裡的野生蘆筍。別告訴其他人它們是從哪來的。」

我做了咖啡給他。蓋比捲了根菸。他百無禁忌，更不用說在小酒館裡抽菸了。

他看來不急。

「你要跟我們一起吃飯嗎？」

他面帶猶豫。

「好吧，但簡單一點。我沒跟瑪莉亞說。」

我炒了一大把野生蘆筍，加進飯裡，裝了一大盤。

「不去外面吃嗎？天氣很好。」蓋比提議。

我們到餐廳對面的廣場上找了張長椅坐下。我先開動，蓋比則把玩著湯匙。可以想像，他絕不只是為了分享這些贓物而來的。他看著我，語氣嚴肅地說：

「你爸生病了。」

蓋比不是寡言的人，特別是在開玩笑的時候，但當他要說重點時，就會選擇長話短說。他沒等我追問便接著說：

「肺癌。醫院說可以取出一部分，可是他不要。」

他仔細地咀嚼嘴裡的食物。

「你知道很久了嗎？」

他看上去有點困擾。

「有一段時間了。可是他不要我們跟你說。」

「他為什麼不開刀？」

「他說不想要覺得自己有問題，而且，反正他完蛋了，沒救了。」

「是他的風格沒錯，什麼都要自己決定。」

「醫生說很有機會控制下來，可是他不信。餐廳的狀況也不太好。」

「什麼意思？」

「你爸一下子老了很多，我弟一個人做不來。而且餐廳的競爭力不足。你看，現在一般人都喜歡到大商場裡的輕食店吃午餐。」

「他提過我嗎？」

「他說你現在已經走在自己的人生道路上了，你會有美好的未來。」

「那料理的事呢？他還是不想聽嗎？」

蓋比嘆了口氣，放下湯匙，抓住我的肩膀。

「小子，你得去看看他。你們應該談談。」

「你覺得很容易嗎？」

「不要做些跟我們一樣的蠢事。這些老人都被一九一四年的大戰蹂躪過。他們遍體鱗傷地從戰場回來，個個成了酒鬼、啞巴。看在老天爺份上，跟他談談。」

「還有誰知道他得癌症？」

「瑪莉亞、路西安和妮可。」

「都是家人嘛。那海倫呢？」

蓋比皺起眉頭，彷彿我說了什麼罪不可赦的話。

「海倫？」

「對啊，海倫。她參與過他的生命，還有我的。」

「可是沒有人知道她在哪裡。」

「我，我知道。」

這段對話似乎讓蓋比頭暈目眩，特別是在我說「我會跟她說。」之後。

我陪蓋比走到他的4L旁，用他的菸草捲了根菸。

「你會回來看他嗎？」

「等我先見到海倫以後。」

每件事都來得好急，就像小時候看電影，快速轉動投影機的把柄，便能加快影像的速度。我喝下一茶杯的無花果白蘭地，撥了海倫的號碼。話筒那頭傳來男人的聲音。

「不好意思打擾了，可以跟海倫說話嗎？」

「等等。我給她。」

「喂？」

「妳好，我是朱利安。」

我聽見孩子吵鬧的聲音。海倫說：

「請幫我關上門。」

7

我坐在杜河邊打著水漂，把不安的情緒丟進水裡。神奇魔法。石頭在水面彈三下時，她就會出現。我的雙手顫抖著。最先映入眼簾的，是她的運動鞋，不是我原本想像的馬靴。她穿著水洗牛仔褲和深藍毛衣，綁了馬尾，膚色看起來很深。我站起身，爬到堤防上。她親我的時候，我聞到了熟悉的香水味。她看起來情緒激動，但仍然努力擠出了笑容。我不知道該說什麼，只能笨拙地問：「要去哪裡？」她說：「散步吧，要嗎？」「當然要。」

草地上開滿了水仙，我盯著它們，心中充滿困惑。我知道她也知道。她很有技巧地引導我談及學業。我們聊了我喜愛的高多尼[56]、霍格里耶[57]，還有格拉克[58]，他的書我最喜歡柯帝出版社的版本。她看起來很高興。

「你的比較文學老師很喜歡你。」

「妳怎麼知道？」

「他是我的朋友。」

「可是妳怎麼知道我上他的課？」

石堰上流水潺潺，柳樹在風中輕唱。她用溫柔的眼神看著我，每句話都深情而自然。就跟鷹勾鼻透過莎士比亞的作品在和我們談人生觀的時候一樣。

「朱利安，這麼多年來，你從未離開我的生命。即使我結了婚，即使我有了自己的孩子。你一直都在。世界很小，我一直和你國中、高中的幾個老師保持聯繫。他們都會跟我說你的事。」

[56] 高多尼（Carlo Goldoni），義大利劇作家，創作了許多即興喜劇。

[57] 霍格里耶（Alain Robbe-Grillet），法國作家，五〇年代在法國掀起新小說風潮。

[58] 格拉克（Julien Gracq），法國當代作家，大多數的作品走怪誕奇異的風格。

「那妳的電話號碼呢？妳怎麼給我的？」

「是你的國文老師給的。她一直相信你會去念文學系。」

我心中燃起一把怒火。

「所以說，在我們過得一塌糊塗的時候，妳一直都在偷偷監視。」

「事情不是你想的這樣。」

「是妳離開我們的，沒錯吧？」

我低下頭看著我正在捲的菸，但仍然感覺到她說不出話的尷尬。

「也幫我捲一根，好嗎？」

「這很濃。」

「有比你爸的吉普賽濃嗎？」

「他得了肺癌。因為這樣我才決定來見妳。他不想接受治療。」

海倫快速轉向杜河，深深吸了口菸，冷冷地說：

「我對你爸不是一見鍾情，是看到他跟你在一起時才愛上他的。我很愛他。我在中產階級的家庭裡長大，卻立刻適應了和你們兩個一起生活。我愛你爸的本性，愛他那雙因為下廚而傷痕累累的手。我從未那樣愛過男人的手。我愛他在自己專業上的知識，也愛他的懵懂糊塗。每次我跟他談書或作家的時候，他提出的問題都讓我很感動。對於不知道的事，他不會跟其他人一樣裝懂。」

「那妳為什麼離開我們？」

海倫看我的眼神充滿痛苦。

「我想跟他結婚。重要的不是婚姻，而是我想領養你。可是你爸不要。為了不讓他感到壓力，我已經盡量放慢腳步了。可是他始終把自己關在失去你媽的悲痛裡。一開始，當你叫我媽媽時，我其實既開心又難受。他曾經對我說：『妳重新點亮了我生命的光。』可是我想他始終沒辦法真正走出黑暗。」

「因為我媽嗎？」

「大概吧，但也不只是這個原因。他非常愛我，可是心裡總是有個來自遠方的陰影。在莫爾旺渡過的童年、阿爾及利亞……儘管他什麼都不說。」

「你們為什麼不生小孩？」

「他不要更多小孩，只要你。」

「我就是個累贅吧。」

「別這麼說。他愛你勝過一切。」

「可是他做得很差勁。」

「每個人都以自己的方式愛人。父母是世界上最難做的職業。」

海倫的身影在夜晚夏瑪公園的大樹間逐漸遠離，道別前，她親了我，在我耳邊呢喃：

「希望你知道我有多想你。」

8

這是個秋日的星期天。我們坐在河岸上。你靠著大樹。我把一個抱枕墊在你背後，草地上也鋪了一條毯子。你沒有抱怨。癌細胞在你的身體裡穿梭轉移。醫生只能盡力減輕症狀。你小口咬著洋芋片，配一杯隆河丘的葡萄酒。我買了烤雞。

「老爸，你要什麼？」

「還需要問嗎！」

「兩個雞翅和雞屁股。」

「一個雞翅就夠了。」

我差點說出：「你得多吃點。」真蠢。雞肉乾柴乏味。

「我們吃過更好的，你說是吧？」

你啃著雞翅，把雞骨收進紙袋裡，拿了一顆西洋梨，用你的 Pradel 折刀削掉皮再切塊。

「你要一塊嗎？」

「好，謝謝。」

「梨子真是好水果。整個冬天都可以吃得到。」

你望向河的另一端，又補了一句：

「特別是你需要食材的時候。」

我吞下一大口葡萄酒，讓它澆在我的心上。我無言以對。激動的情緒讓我喘不過氣。儘管你沒有看我，也很清楚我的反應。你不發一語。

「那裡有隻海狸鼠，在河堰那邊。海狸鼠很好吃，你知道吧？做成醬汁或醬糜都好。」

你嘴裡說的是海狸鼠，卻像對待李子樹一樣，用力搖晃了我的人生。

「幫我把這些骨頭丟到水裡，魚會很高興。」

我像個小孩般順從你的指示。

「烤雞一定要裝在鑄鐵鍋裡再放烤箱。屁股要塞一顆檸檬。最重要的是，一定要時不時把肉汁淋到肉上。」

你咬了一口梨子，聳起肩。

「呃，我也不知道為什麼要跟你說這些。你都看我做過，對吧？」

我跳了起來，滿是淚水與憤怒。我想對你大吼：「你不在以後，我要怎麼辦？」我看見死亡正在逼近，你將從此缺席，每天早上七點的鍋子再也不會發出一樣的聲音。沒有你陪我喝咖啡。沒有你陪我削馬鈴薯皮。沒有你把鍋裡的洋蔥炒成金黃色。沒有你在尖鋒時刻怒吼：「小心，馬鈴薯要黏在鍋底了！」也沒有你一起品嚐剩下的豬頭肉凍，再抽最後一根吉普賽菸了。

我沿著河大步走。一股奇妙的愉悅默默地掩蓋了憤怒。你剛才在難以下嚥的雞屁股和一包人工洋芋片之間，把餐廳交到我手上了。你交手了。就像你對我說：「拿鹽巴給我」或「把可麗餅翻面」一樣平淡。你的這種陷阱真是殘酷。但這就是你。至少你看見了我當廚師的潛力。你站起身，走到河邊，背對著我。

「孩子，坐下。」

糟糕的是，我竟然就跟個孩子一樣聽話。

「你還記得宇宙大百科嗎？」

「記得。」

「你以前一直在看，讓我覺得買得很值得。我也因為你知道很多事而感到驕傲。」

一陣沉默。

「現在換我看那些書了。我停不下來，怎麼看都不會累。我竟然得等到自己變成這樣了才開始學習。所以才硬要你去學校。」

「可是，老爸，你也有你的籌碼。」

「那是窮人的籌碼……你做了一道菜，沒有人會看到你。你在廚房裡忙到昏天暗地，沒有人聽得見你的聲音。人們都是來吃東西而已。」

「可是他們都是為了你的料理才來百花驛站的。」

「為了我以前做的料理。」

「才不是。他們還是會來吃你做的小牛頭、紅酒燉牛肉。大家都知道百花驛站是你掌廚。而且，要是你願意，我們早就拿到星星了。」

你露出微笑。

「有名的廚師並不存在，只有出名的餐廳。而百花驛站不過是個在車站對面的小餐館而已。」

「就跟圖瓦格兄弟一樣，你們各有拿手菜：他們是酸模葉鮭魚排，你的是蘑菇雞肉酥盒。」

你大笑。

「你還真有自信啊你！」

「這樣不好嗎？」

「哦，當然不會。是我對你沒自信，不相信你可以一邊念大學，還一邊學這種爛活。」

「現在呢？」

「你有爐子和書籍在手。你知道自己的未來在哪裡。已經學會的就不會再遺忘了。」

我打開爐火煮熱水，用你的湯勺舀出後倒在咖啡粉上。庭院裡傳來路路機踏車轟隆的引擎聲。我看了看擺鐘：七點半。我把紅蘿蔔和洋蔥的皮削掉，準備用來做苦艾酒燉小牛胸腺的高湯。你是我的手，和我一起把胸腺放入奶油裡；你是我的眼，看著我把它們煎得金黃；你是我的直覺，幫我測量苦艾酒和高湯的份量。我請路西安嚐味道時，他有點驚訝。

「再加一點胡椒。」他提議。

「我爸煮東西為什麼都不嚐味道？」

「我覺得他失去味覺了。」

「什麼？」

「他從來沒有對我坦白。你媽死了以後就這樣了，海倫離開後更嚴重……我知道他有問題，而且一直沒有好起來。」

「那他都怎麼做？」

路路咬著嘴唇，就好像說了不該說的。

「你也了解他，他一直是用掌心測鹽巴的量。其餘的東西就是取個大概。有的時候上菜前，他也會說：『路路，你嚐過了嗎？』」

「你真的會試吃？」

「對，也不對，我會假裝試吃。反正他從來不會出錯。」

每天晚上六點半，我會帶兩碗湯到樓上和你一起吃。你很喜歡加了馬鈴薯和水田芥的。你會跟我聊貝納．克拉維的《天之柱（Les Colomnes du ciel）》。這是我十幾歲時看得停不下來的書，現在換你看了。作家筆下的故事發生在熟悉的場景裡，這一點讓你著迷。你提到拉維耶伊爾盧瓦埃，那是個位在宿烏森林裡的小村莊，你以前會去那裡採蘑菇、釣真鱸。我在廚房裡放了一張扶手椅，可是你從來不坐。你喜歡坐在後方的庭院裡。你需要新鮮空氣。至於料理的事，你再也沒跟我提過任何一句，也沒對路西安多說什麼。某天，我從市場裡帶回幾隻看起來很鮮嫩的雞。我打算按照加斯東．傑拉德的食譜烹調59，但也想問問你那結合康堤乳酪和芥末醬的

59 加斯東．傑拉德（Gaston Gérard）曾為第戎市的市長。在一九三〇年的一場晚宴上，他妻子不小心將紅椒粉打翻在芥末雞肉上，為了補救，她又加進乳酪絲、法式酸奶油和白酒，最後做成一道流傳至今的雞肉料理。

作法來參考。你盯著書，沒有抬頭：「我敢說你做的一定好吃。」你寧願和我聊《大河之王（Seigneur dufleuve）》，那是另一本貝納．克拉維的小說。我晃著手臂，拿你沒轍。就連在你盤裡放上新的菜色，你也無動於衷。我在餐廳的菜單上加了在阿馬那裡學到的薑味醬油鯖魚和香料飯。但我不太有自信，畢竟熟客來到百花驛站不是為了尋找異國風情。我帶了一箱香料回來，路西安在看著我把小茴香、八角、茴香籽加入油裡時，露出若有所思的神情。你嚐了一口鯖魚，用叉子來回翻看米粒。我站在爐子旁遠遠觀察你的反應。你把盤子拿回來給我時，臉上掛著輕淡的微笑。你不抽菸了，改吃巧克力慕斯。你裝作若無其事，詳細觀察了你盤子裡的菜，卻什麼也不說，回到你的書籍和德法公共電視台的記錄片裡。

我想起從前海倫在改作業和備課時，你會問她的那些問題。你總算可以盡情滿足對知識的飢渴了。我不確定是你變了，還是我總算認識你了。當我使用你所謂的「工具」時，總會想起你的手勢和你給我的建議。一開始，我還笨手笨腳的。我的手掌和手指迷失在那些只認得你的手把和刀片間。每當我不知所措時，路路從不會說：「你爸從不這麼做。」他會說：「你應該這麼做。」

晚餐的客人都走了以後，我輕輕推開你的房門。你要我點亮床邊桌上的燈。你問我為什麼不去幫俄羅斯富豪下廚。「你會賺進好幾百萬，然後就可以把百花驛站改造成百花城了。」我們打從心裡開心地笑著。我知道你心裡一定害怕我會睡在你曾經睡的那個地方，那張靠近爐火的行軍床。日子越久，我留在你身邊的時間越長。你就像個孩子，害怕在黑暗中獨處，睡前總是給我無止盡的擁抱。嗎啡有時會把你帶往孤獨的遠方，你會因此發出難受的呼喊。可是當白日再次降臨，你又有力氣時，就會要我帶你出門多走幾步。我把你帶到車上，轉開米樹·戴佩許的歌，然後我們會到運河的曳船道旁散步。你指向一處被常春藤和荊棘包住的廢墟，說那是以前你和媽媽一起吃炸鉤魚和跳舞的小餐館。聖誕節前，你說要去一趟墓地。我們先去了花店，我買了白玫瑰。回到車上時，你輕聲說：「不要這個，我說要聖誕玫瑰。」於是我又轉回店裡去買鐵筷子。你定神看著它們，彷彿它們即將為你和媽媽盛開。那一天不遠了。

終曲

「你的手和他一樣。」

「為什麼這麼說？」

「皮膚上暗沉的斑點和通紅的手掌。」

「就是被爐子和鍋子燙傷的。」

「我知道。」

我在打歐姆蛋的蛋汁。海倫牽起我的手，叉子滑進蛋裡。

「閉上眼。」

「為什麼？」

「聽我的，不要怕。」

她拉著我的手往流理台的方向走。

「張開眼睛。」

我認出那皮製的封面。是料理筆記。我轉過身，彷彿你就站在我身後。海倫笑了。

「他要我在他離開後交給你。和你見過面後，我打了電話給他。我們聊了好久。」

我的手在筆記本上遲疑了一會兒。這些年來，它一直停留在我內心深處，從未消失。你把它從我身邊帶走後，更增強了我想從事這項職業的意志，一項你無法教我的職業。我繼續打蛋。

「他怎麼給妳的？」

「很重要嗎？」

「對。」

我停下手上的動作。

「其實不重要。」

這些年來，我經常想像自己找到這本筆記的那一幕，想像因為看到它而狂喜。

今天，我自在地煎著歐姆蛋。然後輕輕打開前幾頁海倫幫你寫下的食譜。接下來的頁面一樣是用鉛筆寫的，但直到最後筆跡都跟海倫的不同。你全都記錄下來了，你的每一個食譜，從焗烤里昂魚糕到覆盆莓果醬，中間穿插小羊肩肉燴蕪菁。每道食譜都畫了重點。材料也都詳細地寫在上面，還有烹煮時間也是。你甚至寫了一些註解：「選擇刺苞菜薊時，要記得挑小一點的、銀白色的。」

每一頁筆記都有你的身影：你每天清晨那根吉普賽菸和那桶咖啡；你那只有路西安能解讀的情緒；你因為太大方而賺不了大錢的性格；你藏在盤子下的謙遜；你在客人一窩蜂擁進餐館或缺一道菜時穩定軍心的天賦；你在什麼都沒有的情況下還能做出料理的想像力；你對所有食材——無論是麵包屑或羊肚菌——的重視與敬意；你從早上七點到晚上十一點不間斷也不抱怨的毅力。

「他沒把鉛筆給妳嗎？」

「有，在這裡。」

我輕撫著那枝就快到盡頭的鉛筆，在沒有內容的第一頁上寫了一句話：

最好的料理，由回憶烹調而成。——喬治．西墨農

作者致謝

感謝維勒納夫的卡蜜兒，感謝她的閱讀與建議。

感謝所有在廚房裡或他處傳遞烹飪知識的男人與女人，感謝他們在我為自由報撰寫報導時供我養分。

書封及裝幀設計：塗是晴

傑克・杜蘭德

傑克・杜蘭德是一名記者。多年來，他都為了他在《自由報》和《法國文化報》上那令人垂涎三尺的美食專欄穿梭於法國各地。《父親的食譜筆記》是他的第二本小說。

許雅雯

屏東養成，新竹釀製，法國熬煉。多年前離開教職後開始鑽研譯事。譯有工具書《全法國最好吃的書：成就你的法式美食偏執》；儒勒・凡爾納多本小說和《問個不停的小孩，加斯東》、《明天會是好天氣》等童書，曾三度入圍台灣法語譯者協會翻譯獎。

父親的食譜筆記

二〇二一年九月一日　初版第一刷

作者　傑克・杜蘭德
譯者　許雅雯
編輯　廖書逸
發行人　林聖修
出版　啟明出版事業股份有限公司
郵遞區號　一〇六八一
台北市大安區敦化南路二段
五十七號十二樓之一
電話　〇二二七〇八八三五一
總經銷　紅螞蟻圖書有限公司
法律顧問　北辰著作權事務所
定價標示於封底。

ISBN 978-986-99701-8-1

國家圖書館出版品預行編目 (CIP) 資料

父親的食譜筆記 / 傑克・杜蘭德（Jacky Durand）作；許雅雯譯。
——初版—— 臺北市：啟明，2021.09。
224 面；12.8 × 18.8 公分。

譯自：Le Cahier de Recettes
ISBN 978-986-99701-8-1（平裝）

876.57　　110006569

Le Cahier de Recettes
Jacky Durand